读赋谈赋

张高徊 编著

中国华侨出版社
·北京·

图书在版编目（CIP）数据

读赋谈赋 / 张高徊编著 . -- 北京：中国华侨出版社，2024.12
ISBN 978-7-5113-9242-8

Ⅰ.①读… Ⅱ.①张… Ⅲ.①赋—文学研究—中国—古代 Ⅳ.①I207.224

中国国家版本馆 CIP 数据核字（2024）第 066960 号

读赋谈赋

编　　著：张高徊
责任编辑：刘晓燕
经　　销：新华书店
开　　本：880 毫米×1230 毫米　1/32 开　印张：6　字数：84 千字
印　　刷：北京百杰印刷有限公司
版　　次：2024 年 12 月第 1 版
印　　次：2024 年 12 月第 1 次印刷
书　　号：ISBN 978-7-5113-9242-8
定　　价：48.00 元

中国华侨出版社　北京市朝阳区西坝河东里77号楼底商5号　邮编：100028
发行部：（010）64443051　　　传　真：（010）64439708

如发现印装质量问题，影响阅读，请与印刷厂联系调换。

作者简介

张高徊,笔名章回,1941年出生,广东省大埔县西河镇漳北村人。在大埔县文化部门工作多年。曾任县文化局副局长和县文联常务副主席。2000年退休后旅居广州,仍不断发挥余热,撰写和编著汉乐、文学方面著作计十三部,逾三百万字。汉乐方面著作有:《大埔汉乐》《广东汉乐综述》《广东汉乐基本知识百问》《古乐情》;文学方面著作有:《回溯集》、《丝竹轩文集》、《万川骚坛数百年》、《且庵吟草》（为其先祖诗集再版）、《缅怀祖先情系故园》、《封神演义辅助读本》、《诗评中国三百五十帝》、《丝竹轩文集诗词续篇》。连这部《读赋谈赋》,共有十部出版。

　　张高徊是广东省音乐家协会会员、梅州市作家协会会员、梅州嘉应诗社社员，还担任多个文艺组织的名誉会长或顾问。2017年被评为国家级非物质文化遗产广东汉乐省级代表性传承人。其事迹被编入《中国专家辞典·广东卷》《中国文艺家辞典》《广东省高级专家辞典》等书中。

序

  我对赋的认知始于几十年前。那时阅读《阿房宫赋》《前赤壁赋》《后赤壁赋》，使我得到启蒙。不久后又在《中华活页文选》上读到《登徒子好色赋》，对宋玉的文才和善辩非常赞羡，也加深了对赋的感悟。20世纪90年代，我尝试写了《埔城赋》，得到一些文友的肯定和鼓励，从而对赋的爱好又进一步。但当时作赋之风不太盛行，自己又要忙于其他工作，就一直没能对赋展开进一步创作和探究。

  大埔县老诗人袁光明，他不但善写诗词，还对写赋情有独钟，这两年一连写出十八篇反映大埔当地人文、风物、历史的赋作，在当地文学界和社会上引起不小的反响，并得到好评。大埔诗社社长曹展领也写有多篇赋作。于是，这又勾起我学习研究赋的兴趣，广搜博览，几乎一有空就扎进书堆和资料里。通过较深入的学习和研究，我深感"赋"这一古老的文学体裁，是应该古为今用的。我们不能太冷落了它，应该让它在新时代焕发光和热，为建设中国特色社会主义服务，为广大人民群众的精神生活和审美需要服务。于是，从2022年8月开始，我进入了《读赋谈赋》的编著工作。

2022年5月27日，习近平总书记主持中共中央政治局第三十九次集体学习。习近平强调，要深入了解中华文明五千多年发展史，把中国文明历史研究引向深入，推动全党全社会增强历史自觉、坚定文化自信……这更坚定了我写好《读赋谈赋》一书的信心。本书我分八个历史时期予以概述。这种构思得益于《中国文学答问总汇》这本好书。此书由祝鼎民先生统稿，祝鼎民、杨哲、姜逸清三位先生为常务编委，共有23位撰稿人。关于"赋"，此书有很多好的叙述，为我的铺写提供了有力支撑。我衷心感佩此书的所有撰稿人。现在，我终于完成了《读赋谈赋》一书的编著，得以实现心愿，把它奉献给读者。

由于本人并非写赋能手，文化水平有限，此书肯定存在问题和不足，希望专家和广大读者不吝帮助和指正。

张高徊

2024年6月于广州

引 言

  赋是我国古代诗歌的体裁之一,产生于战国时代后期。荀子把自己的诗作称为"赋"。《汉书·艺文志》将诗与赋列为一门,以荀子和屈原为辞赋之祖。

  赋讲求文采和韵律,兼具诗歌和散文的性质。《诗经》中的赋铺陈直叙。从楚辞开始,赋以较长篇幅和优美辞藻来施展想象、倾诉感情,成为战国后期受人们欢迎的文学形式。到了西汉,文人的创作主要在赋,加上帝王的喜爱和鼓励,作赋之风大行,正式确立了赋的体例,称为"辞赋"。魏晋以后,日益向骈体方向发展,称为"骈赋"。至唐代,又由骈体转入律体,称为"律赋",以散文形式写的赋则称为"文赋"。从战国后期荀子开始一直到南北朝,在这近千年的时间里,辞赋始终在文坛上有着显著地位。

笔法上的大气魄铺陈、题材的广泛性、想象空间的浪漫色彩、韵、散结合的灵活性与可读性、明辨暗喻的发蒙解惑效果等,都是赋的亮点,并对隋唐以后的诗词创作产生不少影响。唐宋以后,由于近体诗和词的繁荣,加上古文运动的兴起,辞赋逐渐式微。元曲和明清小说的产生和兴旺,更使辞赋一蹶不振,连诗人、词人也往往仅知作诗填词,忘了有赋的存在。

赋虽然在较长时期处于低迷状况,但是文人和人民大众还是习惯用"诗词歌赋"一词来简称传统文学领域,这就表明,赋还是有它的位置的。20世纪60年代,余冠英先生在《七发》"介绍"中曾这样说:"汉赋仍然有可供今人欣赏或取法的篇章。如果将汉赋全盘否定,一概抹杀,显然是不妥当的。今天如何从遗产吸收有用的东西,从古人的创造取得参考和启发,是我们常常考虑的问题。"辞赋是继《诗经》之后产生的诗体,对后代诗词创作有着深广的影响,具有五千多年历史的文明古国，不应该把古代盛行了近千年的诗歌体裁视为过时或无用。事实上，即使在唐诗宋词盛行之际以及以后，也一直有不少文人创作辞赋。李白、杜甫写过赋，杜牧、欧阳修、苏东坡有赋的名篇传世。至清代后，笔者的家乡，一个位于偏僻山区的小县，就有多位文人勤于作赋，更不要说举国上下会有多少文人留下赋作了。

近年来，国家曾多次发文甚至立法，强调要继承和弘扬中华优秀传统文化。我们应该积极响应国家号召，贯彻执行好文艺"双百"方针，运用历史唯物主义的观点，增强文化自信，好好继承包括赋在内的优秀传统文化并将之发扬光大。

目 录

一、春秋文宝诗三百　战国辞宗楚离骚 / 001
　　——先秦辞赋

※概述

※作家与作品

　1. 屈原　2. 荀子　3. 宋玉　4. 唐勒　5. 景差

※作品选载

《离骚》《登徒子好色赋》

二、铺张扬厉大赋盛　小赋言志亦抒情 / 033
　　——秦汉辞赋

※概述

※作家与作品

1. 贾谊　2. 司马相如　3. 刘安　4. 董仲舒

5. 庄忌　6. 枚乘　7. 王褒　8. 刘向　9. 扬雄

10. 傅毅　11. 班婕妤　12. 班彪　13. 冯衍

14. 班固　15. 班昭　16. 张衡　17. 马融

18. 王延寿　19. 赵壹　20. 蔡邕　21. 祢衡

※作品选载

《吊屈原赋》《长门赋》《刺世疾邪赋》

三、不求铺张爱小赋　题材宽广色斑斓 / 054
　　——三国辞赋

※概述

※作家与作品

1. 繁钦　2. 蔡琰　3. 杨修　4. 丁廙　5. 王粲

6. 曹植 7. 阮籍

※作品选载

《登楼赋》《洛神赋》

四、大赋名篇仍显赫 小赋量多尚自然 / 072
——两晋辞赋

※概述

※作家与作品

1. 潘岳 2. 左思 3. 左棻 4. 陆机 5. 陆云

6. 束皙 7. 木华 8. 郭璞 9. 庾阐 10. 孙绰

11. 袁宏 12. 陶渊明

※作品选载

《闲情赋》

五、南朝名家多佳作　北朝赋风远逊南 / 083
　　——南北朝辞赋

※ 概述

※ 作家与作品

1. 颜延之　2. 谢灵运　3. 谢惠连　4. 谢庄

5. 鲍照　6. 谢朓　7. 江淹　8. 徐陵　9. 萧子晖

10. 张渊　11. 元顺　12. 卢元明　13. 袁翻

14. 颜之推　15. 庾信

※ 作品选载

《别赋》

六、近体诗歌趋繁盛　历朝辞赋渐式微 / 096
　　——隋唐五代辞赋

※ 概述

※ 作家与作品

1. 骆宾王　2. 王勃　3. 陈子昂　4. 张九龄

5. 李白　6. 颜真卿　7. 杜甫　8. 韦应物

9. 韩愈　10. 元稹　11. 杜牧

作品选载

《阿房宫赋》

七、宋词元曲小说热　名人辞赋仍有声 / 106
　　——宋元明辞赋

※概述

※作家与作品

1. 王禹偁　2. 文彦博　3. 欧阳修　4. 苏轼

5. 袁桷　6. 刘基　7. 王守仁　8. 李梦阳

9. 何景明　10. 杨慎　11. 王世贞　12. 郑棠

13. 荻岸山人　14. 陈子壮

※作品选载

《秋声赋》《前赤壁赋》《后赤壁赋》《五色云赋》

八、中华文化当自信　诗赋风骚代有人 / 129
　　——清代至现当代诗赋

※概述

※作家与作品

1. 萧翱材　2. 朱彝尊　3. 吴兆骞　4. 陈登泰

5. 徐锡麒　6. 张薇　7. 张高徊　8. 曹展领

9. 袁光明　10. 范永铎　11. 邱汉章　12. 刘迪生

13. 杨凤飞　14. 张定尖

※作品选载

《会试祭大江祝文（赋体）》《舌耕赋》《埔邑考观风告示（赋体）》《瓯宁县考观风告示（赋体）》《子龙一身都是胆赋》《汉乐赋》《埔城赋》《大埔中国书法公园赋》《坪山千亩梯田赋》《中国·大埔世界长寿乡赋》《九龙湖赋》《红色大埔苏区赋》《信丰赋》

主要引用和参考文献 / 171

一、春秋义宝诗三百　战国辞宗楚离骚

——先秦辞赋

概述

春秋时期，我国最早的诗歌总集《诗经》问世。《诗经》共收录诗歌305篇（称"诗三百"），是我国文学史的光辉起点，对后世两千多年的文学发展有重大而深远的影响，是一部很珍贵的古代史料。

战国时期，楚国出现了一位伟大的诗人——屈原。他的诗书楚语、作楚声、纪楚地、名楚物，可以叫作"楚辞"。楚辞这一文体是在独特的楚国文化长期发展中形成的，同时吸收了中原文化的营养。中原文化对楚地诗歌的影响，从《诗经》中的《汉广》、刘向

《说苑》中记载的《楚人歌》《越人歌》、见于《楚辞》等文献中的《沧浪歌》等篇章用"思""兮"作语助词，已见端倪；从思想内容看，《楚辞》中圣君贤相的美政理想等，很显然也受到了中原文化的影响。

与屈原同时期的思想家、教育家荀子（人尊称之为荀卿）也作辞赋，是他首先把这一文体称为"赋"（屈原没有称自己的作品为赋），他的作品《赋篇》对汉赋的兴起有一定的影响。屈原之后有辞赋家宋玉，王逸《楚辞章句》说他是屈原的弟子。除屈原、宋玉外，先秦辞赋作家还有唐勒、景差。司马迁在《史记·屈原贾生列传》中说："屈原既死之后，楚有宋玉、唐勒、景差之徒者，皆好辞而以赋见称。"

历代对屈原的作品评价极高，有人把他比作高悬太空的日月；有人认为屈赋空前绝后，难以为匹；也有人认为他是文学的宗祖，把屈赋作为效法的榜样……确实如此，屈原在我国文学史上影响极大。他爱国家爱百姓、痛恨恶势力、执着追求美好理想的精神，为后世一代又一代文学家所继承。屈原开创的骚体文学（后称辞赋体）不断为后人所效法。屈原作品中的浪漫主义精神，托物比兴的写作技巧，为我国诗歌的浪漫主义长河奠定了基石。他的精神与作品，直接影响了两千多年来的中国文学。

作家与作品

1. 屈原（约前340—前278），名平，字原；又自云名正则，字灵均。战国楚人。

作品：《离骚》、《九歌》（包括《东皇太一》《云中君》《湘君》《湘夫人》《大司命》《少司命》《东君》《河伯》《山鬼》《国殇》《礼魂》）、《天问》、《九章》（包括《惜诵》《涉江》《哀郢》《抽思》《怀沙》《思美人》《惜往日》《橘颂》《悲回风》）、《远游》、《卜居》、《渔父》、《招魂》。

据班固《汉书·艺文志》载，屈原有赋25篇；司马迁《史记》说《招魂》也是屈原所作。

2. 荀子（约前313—前238），赵国人。

作品：《赋篇》（包括《礼赋》《知赋》《云赋》《蚕赋》《箴赋》）。

3. 宋玉（前298—前222），稍后于屈原，楚国人。

作品：《九辩》《风赋》《高唐赋》《神女赋》《登徒子好色赋》《对楚王问》《笛赋》《大言赋》《小言赋》《讽赋》《钓赋》《舞赋》等。

4. 唐勒（约前290—前223），与宋玉同时期，楚国人。

《汉书·艺文志》载，"唐勒赋四篇"。今皆亡佚。

5. 景差（前290—前223），与宋玉同时期，楚国人。

《楚辞》所收《大招》，或为景差作。

作品选载

《离骚》《登徒子好色赋》

离　骚

屈原

【原文】　　　　　【译文】

帝高阳之苗裔兮，　我是高阳帝的后代，
朕皇考曰伯庸。　　我的先父名叫伯庸。

摄提贞于孟陬兮，	恰值木星在东方的正月，
惟庚寅吾以降。	我刚好降生在庚寅日。
皇览揆余初度兮，	父亲细算我的生辰八字，
肇锡余以嘉名。	才给我起了好名字。
名余曰正则兮，	把我的名取为正则，
字余曰灵均。	把我的字叫作灵均。
纷吾既有此内美兮，	我具备了美好的先天条件，
又重之以修能。	又有良好的后天修养。
扈江离与辟芷兮，	我披上江离和白芷两种香草，
纫秋兰以为佩。	把秋兰串接起来作佩饰。
汨余若将不及兮，	水流得这么快叫人追赶不上，
恐年岁之不吾与。	恐怕岁月匆匆也不等人。
朝搴阰之木兰兮，	清晨爬坡去摘木兰的花，
夕揽洲之宿莽。	傍晚在江边采常绿的草。
日月忽其不淹兮，	日月如梭，川流不息，
春与秋其代序。	春去秋来，代谢有常。
惟草木之零落兮，	但草木容易衰败凋零，
恐美人之迟暮。	我担心美人也将衰老。
抚壮而弃秽兮，	为什么不趁盛年抛弃缺点，

读 赋 谈 赋

何不改乎此度？	为什么不在壮岁励精图治？
乘骐骥以驰骋兮，	跨上千里马纵横驰骋吧，
来吾道夫先路！	我可以在前面作向导！
昔三后之纯粹兮，	昔日禹、汤、文王为政无暇，
固众芳之所在。	因为他们身边群贤毕集。
杂申椒与菌桂兮，	就像花丛中有许多花椒和菌桂，
岂惟纫夫蕙茞！	不仅仅只有蕙茞！
彼尧舜之耿介兮，	古帝尧舜光明正大，
既遵道而得路。	只走正道迈步康庄。
何桀纣之猖披兮，	相反，夏桀殷纣狂乱放荡，
夫唯捷径以窘步。	贪走捷径却进入困境。
惟夫党人之偷乐兮，	现在小人结党苟安享乐，
路幽昧以险隘。	君国前途已昏暗危险。
岂余身之惮殃兮，	我不是怕个人遭祸殃，
恐皇舆之败绩！	只是忧心国家崩塌呀！
忽奔走以先后兮，	我鞍前马后跟着你，
及前王之踵武。	希望你步先王的正道。
荃不察余之中情兮，	你太不理解我的忠心，

反信谗而齌怒。	反听信谗言迁怒于我。
余固知謇謇之为患兮，	我知道忠言逆耳容易招祸，
忍而不能舍也。	想忍耐却忍不住。
指九天以为正兮，	我可以请上天做证，
夫唯灵修之故也。	完全是为了君王你。
初既与余成言兮，	当初你对我有言在先，
后悔遁而有他。	后又反悔另有偏信。
余既不难夫离别兮，	我不会因离开你而难过，
伤灵修之数化。	伤心的是你反复无常。
余既滋兰之九畹兮，	我种下兰花九畹之多，
又树蕙之百亩。	还栽了蕙草百亩。
畦留夷与揭车兮，	分垄培育有留夷和揭车，
杂杜衡与芳芷。	还把杜衡与芳芷夹种其间。
冀枝叶之峻茂兮，	希望能看到枝繁叶茂，
愿俟时乎吾将刈。	到时候获得丰收。
虽萎绝其亦何伤兮，	虽有病虫为害凋谢了亦无妨，
哀众芳之芜秽。	悲哀的是众芳都变成荒草。
众皆竞进以贪婪兮，	现在大家争先恐后做贪官，
凭不厌乎求索。	贪婪索取不知满足。

羌内恕己以量人兮，
各兴心而嫉妒。
忽驰骛以追逐兮，
非余心之所急。
老冉冉其将至兮，
恐修名之不立。
朝饮木兰之坠露兮，
夕餐秋菊之落英。
苟余情其信姱以练要兮，
长顑颔亦何伤。
揽木根以结茝兮，
贯薜荔之落蕊。
矫菌桂以纫蕙兮，
索胡绳之纚纚。
謇吾法夫前修兮，
非世俗之所服。
虽不周于今之人兮，
愿依彭咸之遗则。

以小人之心度君子之腹，
钩心斗角，相互嫉妒。
忙于追名逐利为私钻营，
这些并非我的追求。
但是人会一天天老去呀，
担心的是自己未树起美名。
我早晨饮木兰的露水，
晚上则食菊蕊充饥。
如果内心已洁白美好了，
就是颜面憔悴又有何妨。
手握兰槐木根，
串接起薜荔的落花。
集齐菌桂连缀蕙草，
用胡绳编织美丽的环圈。
这是我效法前贤创制的服饰，
不是世俗常人所穿戴的。
尽管他不迎合现在的人，
我还是要遵循古贤彭咸的准则。

长太息以掩涕兮,	我长叹且擦拭眼泪,
哀民生之多艰。	悲哀人生路途的艰难。
余虽好修姱以鞿羁兮,	我追求美好且会约束自己,
謇朝谇而夕替。	未料到早朝进谏晚上丢官。
既替余以蕙纕兮,	毁坏了我用蕙草装饰的衣带,
又申之以揽茝。	还来责怪我手握香草。
亦余心之所善兮,	但这是我的爱和追求,
虽九死其犹未悔。	为了它身死九次也不后悔。
怨灵修之浩荡兮,	怪君王你太荒唐,
终不察夫民心。	就是理解不了人家的忠心。
众女嫉余之蛾眉兮,	女人们嫉妒我面容秀丽,
谣诼谓余以善淫。	背后诽谤我是淫荡之人。
固时俗之工巧兮,	庸俗小人只懂投机取巧,
偭规矩而改错。	可以改规矩另立措施。
背绳墨以追曲兮,	背弃正直而去追求邪曲,
竞周容以为度。	以善逢迎拍马为风度。
忳郁邑余侘傺兮,	心头惆怅忧郁地伫立,
吾独穷困乎此时也。	我是陷入孤立的困境了。
宁溘死以流亡兮,	但就是死去或流放野外。

余不忍为此态也！	也不做媚俗钻营之人。
鸷鸟之不群兮，	雄鹰是不会与燕雀合群的，
自前世而固然。	自古至今都是这样。
何方圜之能周兮，	方的和圆的本难合拢，
夫孰异道而相安？	道不同的人岂能融洽？
屈心而抑志兮，	受委屈仍能抑制情绪，
忍尤而攘诟。	忍受罪过，排除耻辱。
伏清白以死直兮，	人可以光明正大清清白白死去，
固前圣之所厚。	这是前代圣贤所称许的。
悔相道之不察兮，	后悔没看清官场道路的艰险，
延伫乎吾将反。	站立久了我决定返回。
回朕车以复路兮，	掉转车头走原来的路，
及行迷之未远。	趁着还未在迷途上远走。
步余马于兰皋兮，	我策马行走于兰草江水边，
驰椒丘且焉止息。	我直走到长着椒的山间休息。
进不入以离尤兮，	进取不成反而获罪，
退将复修吾初服。	退转原处修饰旧时衣服。
制芰荷以为衣兮，	裁荷叶作上衣，

一、春秋文宝诗三百 战国辞宗楚离骚——先秦辞赋

集芙蓉以为裳。	连缀芙蓉作下裳。
不吾知其亦已兮，	不理解我也算了，
苟余情其信芳。	只要我心胸充满芳香。
高余冠之岌岌兮，	戴上高高的帽子，
长余佩之陆离。	配上长长的宝剑。
芳与泽其杂糅兮，	尽管芳香与污垢难免混在一起，
惟昭质其犹未亏。	我洁白的品质却不亏损。
忽反顾以游目兮，	我忽然回头张望，
将往观乎四荒。	打算到遥远的四方观看。
佩缤纷其繁饰兮，	佩戴上五彩缤纷的饰品，
芳菲菲其弥章。	弥漫着浓郁的芳香。
民生各有所乐兮，	人都有各自的爱好，
余独好修以为常。	我特别喜欢修饰得美好些。
虽体解吾犹未变兮，	即使粉身碎骨也不想改变，
岂余心之可惩。	更不会因挫折而悔改。
女嬃之婵媛兮，	姐姐她对我既关切又伤痛，
申申其詈予，曰：	再三地告诫责备我，她说：
"鲧婞直以亡身兮，	"鲧因为太刚直丢性命，

终然夭乎羽之野。	最终被杀死在羽山荒野。
汝何博謇而好修兮,	你为何直言爱好修饰打扮,
纷独有此姱节。	要独自占有各种美德。
薋菉葹以盈室兮,	整个屋子堆放这么多普通花草,
判独离而不服。"	就你离群不愿佩戴。"
众不可户说兮,	这么多人无法一一去说明,
孰云察余之中情。	谁又能了解我们的内心。
"世并举而好朋兮,	"世上的人总是喜欢互相吹捧结成一伙,
夫何茕独而不予听?"	你何苦这么孤立独行还不听劝告?"
依前圣以节中兮,	要按先祖圣贤来分清是非,
喟凭心而历兹。	带着愤愤不平之心走到这里。
济沅湘以南征兮,	还要渡过沅水湘水向南走去,
就重华而陈词:	到舜帝面前陈述苦心:
"启《九辩》与《九歌》兮,	"启享用《九辩》《九歌》音乐,
夏康娱以自纵。	寻欢作乐,放纵忘情。

不顾难以图后兮，	不居安思危预防后患，
五子用失乎家巷。	五子武观得以酿成内乱。
羿淫游以佚畋兮，	后羿醉心打猎游玩，
又好射夫封狐，	特别喜欢以射杀狐狸为乐，
固乱流其鲜终兮，	本来淫乱之徒没有好结果，
浞又贪夫厥家。	所以寒浞杀羿还霸占其妻子。
浇身被服强圉兮，	寒浇自恃身强力壮，
纵欲而不忍。	无节制地纵欲。
日康娱以自忘兮，	天天寻欢作乐忘掉自己，
厥首用夫颠陨。	他的脑袋终于落地。
夏桀之常违兮，	夏桀行为违背天道，
乃遂焉而逢殃。	于是招来祸殃。
后辛之菹醢兮，	纣王把忠良剁成肉酱，
殷宗用而不长。	殷朝于是也灭亡了。
汤禹俨而祗敬兮，	商汤夏禹庄重恭敬，
周论道而莫差。	周文王论述治国道理正确。
举贤而授能兮，	他们用人选拔贤能，
循绳墨而不颇。	遵循法规没有缺失。
皇天无私阿兮，	皇天公正不包庇小人，

览民德焉错辅。	被人民敬重者它给予帮助。
夫维圣哲以茂行兮，	唯有明智厚德之君德行高尚，
苟得用此下土。	才能够享有天下。
瞻前而顾后兮，	皇天还不断巡视，
相观民之计极。	审查受人民敬爱的人。
夫孰非义而可用兮，	查看哪个不仁而被选用，
孰非善而可服。	谁行为不善还被任职。
阽余身而危死兮，	我虽面临死亡的危险，
览余初其犹未悔。	回想初衷仍不后悔。
不量凿而正枘兮，	未量准凿孔就在削榫头，
固前修以菹醢。"	难怪前代有贤人遭殃惨死。"
曾歔欷余郁邑兮，	我很抑郁常常哭泣，
哀朕时之不当。	哀叹自己生不逢时。
揽茹蕙以掩涕兮，	手握香草擦拭眼泪，
沾余襟之浪浪。	泪水滚滚沾湿了衣襟。
跪敷衽以陈辞兮，	用衣襟铺地跪下陈述委屈，
耿吾既得此中正。	我醒悟了种种道理。
驷玉虬以乘鹥兮，	我驾着四条玉虬乘着风车，
溘埃风余上征。	扬起风尘飞到天上。

一、春秋文宝诗三百　战国辞宗楚离骚——先秦辞赋

朝发轫于苍梧兮，	清晨在苍梧发车，
夕余至乎县圃。	傍晚便到了县圃。
欲少留此灵琐兮，	想在灵琐逗留片刻，
日忽忽其将暮。	但夕阳西下已暮色苍茫。
吾令羲和弭节兮，	我命令羲和按节奏慢行，
望崦嵫而勿迫。	眼望崦嵫但莫靠近。
路曼曼其修远兮，	前面的路程还很遥远，
吾将上下而求索。	我还要上上下下地追求理想。
饮余马于咸池兮，	在太阳沐浴之地饮马，
总余辔乎扶桑。	在太阳经过之地勒紧缰绳。
折若木以拂日兮，	折神木暂遮住太阳，
聊逍遥以相羊。	暂且徘徊逍遥一会儿。
前望舒使先驱兮，	让望舒在车前做先驱，
后飞廉使奔属。	请风伯在车后当护卫。
鸾皇为余先戒兮，	凤凰是我的前卫，
雷师告余以未具。	雷师为我押解辎重。
吾令凤鸟飞腾兮，	我命令凤凰腾飞太空，
继之以日夜。	白天黑夜都不要停下。
飘风屯其相离兮，	让旋风聚集相依附，

读 赋谈赋

帅云霓而来御。	有祥云彩虹共同侍候。
纷总总其离合兮，	云霓忽聚忽散又离又合，
斑陆离其上下。	五光十色变化无穷。
吾令帝阍开关兮，	我命令上帝的守卫开门，
倚阊阖而望予。	守卫却只知呆望着我。
时暧暧其将罢兮，	天色昏暗时日将尽，
结幽兰而延伫。	我佩戴幽兰站立门外。
世溷浊而不分兮，	世道就是这样污浊不清，
好蔽美而嫉妒。	既妒忌美好还要压制它。
朝吾将济于白水兮，	早晨我要渡过白水去，
登阆风而绁马。	登上阆风山系马歇息。
忽反顾以流涕兮，	忽然又忍不住回顾而泪流满面，
哀高丘之无女。	悲哀在高丘已没有神女了。
溘吾游此春宫兮，	我迅速来到春宫浏览，
折琼枝以继佩。	折一枝玉树枝佩戴上。
及荣华之未落兮，	趁这花儿还未凋谢，
相下女之可诒。	到下界寻找可以馈赠的贤女。
吾令丰隆乘云兮，	我命令丰隆驾着云车，

求宓妃之所在。	寻找宓妃居住之地。
解佩纕以结言兮,	解佩带作为订约的信物,
吾令蹇修以为理。	我令蹇修去做媒人。
纷总总其离合兮,	云雾忽离忽聚很杂乱,
忽纬繣其难迁。	她情绪多变乖戾难改。
夕归次于穷石兮,	晚上她在穷石歇息,
朝濯发乎洧盘。	早晨在洧盘洗头。
保厥美以骄傲兮,	自恃自己美丽非常骄傲,
日康娱以淫游。	天天享乐无度。
虽信美而无礼兮,	她虽漂亮但太没礼貌,
来违弃而改求。	我只好放弃另外追求了。
览相观于四极兮,	纵目观察四面八方,
周流乎天余乃下。	周游之后又从天而降。
望瑶台之偃蹇兮,	看见高耸的瑶台,
见有娀之佚女。	看见台上有娀氏的美女。
吾令鸩为媒兮,	我叫鸩鸟去做媒人,
鸩告余以不好。	鸩鸟回复说她不喜欢我。
雄鸠之鸣逝兮,	雄鸠边飞边鸣曲折婉转,
余犹恶其佻巧。	我讨厌它诡诈轻佻。

读赋谈赋

心犹豫而狐疑兮，	心里既犹豫且疑惑，
欲自适而不可。	自己前去吧又感到不可以。
凤皇既受诒兮，	凤凰既然接受了聘礼，
恐高辛之先我。	恐怕高辛已赶在我前头了。
欲远集而无所止兮，	想远走高飞又不知何处可安居，
聊浮游以逍遥。	那就到处飘游自在一下。
及少康之未家兮，	趁着少康还未娶妻成家，
留有虞之二姚。	且留着有虞的两位女子。
理弱而媒拙兮，	使者无能媒人又笨拙，
恐导言之不固。	也许他们说话不管用。
世溷浊而嫉贤兮，	世道不分清浊而又嫉贤妒能，
好蔽美而称恶。	专门做压制贤哲的事。
闺中既已邃远兮，	闺中的美女深藏难近，
哲王又不寤。	贤智君王又不知醒悟。
怀朕情而不发兮，	我一腔激情无处宣表，
余焉能忍与此终古？	我怎么能忍耐一生一世？
索琼茅以筳篿兮，	找来茅草和竹片，
命灵氛为余占之。	命令灵氛为我占卜。

曰："两美其必合兮，	说："男才女貌是理想匹配，
孰信修而慕之。	就看谁真善美值得付出爱。
思九州之博大兮，	中国土地辽阔，
岂惟是其有女？"	难道只有这里才有神女吗？"
曰："勉远逝而无狐疑兮，	说"你可以走得很远而不必忧心，
孰求美而释女？	懂得求美者不会放弃你。
何所独无芳草兮，	人间何处无芳草，
尔何怀乎故宇？	你何苦如此眷恋故土？
世幽昧以眩曜兮，	世俗昏暗而且糟糕，
孰云察余之善恶？	谁能够辨别我是善是恶？
民好恶其不同兮，	人性好恶各自不同，
惟此党人其独异！	唯有这一方人显得特别。
户服艾以盈要兮，	人人都把艾草挂满腰间，
谓幽兰其不可佩。	还说幽兰不值得佩戴。
览察草木其犹未得兮，	对草木都分不清好坏，
岂珵美之能当？	又怎能评价出美玉呢？
苏粪壤以充帏兮，	把粪土装进香包里，
谓申椒其不芳。"	还怪所佩申椒没有香气。"

欲从灵氛之吉占兮,	我欲相信灵氛占的好卜,
心犹豫而狐疑。	心中又犹豫疑虑。
巫咸将夕降兮,	听说巫咸会降临,
怀椒糈而要之。	我带着香椒精米去祈求。
百神翳其备降兮,	百神遮天蔽日下凡了,
九疑缤其并迎。	九嶷山众神都去相迎。
皇剡剡其扬灵兮,	光芒四射灵光闪闪,
告余以吉故。	告诉我许多占卜吉利的话。
曰："勉升降以上下兮,	说："你就努力地上天入地吧,
求矩矱之所同。	去追求意志相同的君王。
汤禹严而求合兮,	汤禹恭敬地寻求同道,
挚咎繇而能调。	伊尹皋陶便和他合作。
苟中情其好修兮,	如果自己内心充满美好,
又何必用夫行媒?	又何须媒人作合?
说操筑于傅岩兮,	傅说在傅岩筑墙,
武丁用而不疑。	武丁何不怀疑起用他。
吕望之鼓刀兮,	姜子牙曾摆弄过屠刀,
遭周文而得举。	遇周文王便得重用。
宁戚之讴歌兮,	宁戚敲着牛角唱歌,

齐桓闻以该辅。	齐桓听了很快请他辅佐。
及年岁之未晏兮，	趁现在你年纪还不老，
时亦犹其未央。	时光仍然未尽。
恐鹈鴂之先鸣兮，	怕只怕杜鹃先在鸣叫，
使夫百草为之不芳。"	百花园的花都凋谢了。"
何琼佩之偃蹇兮，	为什么我身上的玉佩光亮，
众薆然而蔽之。	大家便要来阻挡我。
惟此党人之不谅兮，	那些小人对我不信任，
恐嫉妒而折之。	都想把它折断。
时缤纷其变易兮，	世道都完全变了，
又何可以淹留？	没有值得我留恋的东西。
兰芷变而不芳兮，	兰芷已无香气，
荃蕙化而为茅。	荃蕙已变成了野草。
何昔日之芳草兮，	为什么从前那些芳卉，
今直为此萧艾也？	竟都变成了野草？
岂其有他故兮，	有其他的缘故吗，
莫好修之害也。	无非是不懂美不爱美的危害。
余以兰为可恃兮，	我原以为兰是最可靠的，
羌无实而容长。	却也是华而不实虚有其表。

委厥美以从俗兮，	抛弃美质去随波逐流，
苟得列乎众芳。	徒有美名列在众芳。
椒专佞以慢慆兮，	椒专门拍马而今傲慢得意，
樧又欲充夫佩帏。	茱萸也企图钻入香包。
既干进而务入兮，	钻营逐利者都进去了，
又何芳之能祗？	哪里还会有使人亲近的美德呢。
固时俗之流从兮，	本来世俗就这么随波逐流，
又孰能无变化。	几乎没有不变化之人。
览椒兰其若兹兮，	看到椒兰尚且这样，
又况揭车与江离？	也怪不得揭车和江离了。
惟兹佩之可贵兮，	只有我佩戴的玉佩确实可贵，
委厥美而历兹。	虽被人抛弃我还珍重至今。
芳菲菲其难亏兮，	它颜色滋润并无变异，
芬至今犹未沫。	香气至今也不散失。
和调度以自娱兮，	调节行为完善自己以求心安，
聊浮游而求女。	姑且周游四方寻找女神。
及余饰之方壮兮，	正值我还处在盛年，
周流观乎上下。	可以到处环游上下观览。

一、春秋文宝诗三百　战国辞宗楚离骚——先秦辞赋

灵氛既告余以吉占兮，	灵氛已把占卜吉利告诉了我，
历吉日乎吾将行。	我选个良辰吉日出发。
折琼枝以为羞兮，	折下玉枝作为干肉，
精琼爢以为粻。	研碎玉屑作为食粮。
为余驾飞龙兮，	替我套上飞龙车，
杂瑶象以为车。	车要用玉石和象牙装饰。
何离心之可同兮，	信念不同者决不同道，
吾将远逝以自疏。	我将奋飞远游离开他。
邅吾道夫昆仑兮，	我的行程在昆仑山下转向，
路修远以周流。	长远的路任我行走周游。
扬云霓之晻蔼兮，	高扬起遮天的云霓，
鸣玉鸾之啾啾。	车上的玉鸟铿锵响动。
朝发轫于天津兮，	早上从天河渡口出发，
夕余至乎西极。	晚上我已来到西方的尽头。
凤皇翼其承旗兮，	凤凰齐集拱卫着旌旗，
高翱翔之翼翼。	在天上高高腾飞，和谐而安详。
忽吾行此流沙兮，	忽然间我到流沙之地，
遵赤水而容与。	沿赤水岸边思考一下。
麾蛟龙使梁津兮，	挥手让蛟龙做成桥梁，

诏西皇使涉予。	命令西皇渡我过河。
路修远以多艰兮，	路漫长且多艰险，
腾众车使径待。	我传令众车在路旁等待。
路不周以左转兮，	经过不周山后向左转，
指西海以为期。	把西海作为目的地。
屯余车其千乘兮，	我齐集了千辆车子，
齐玉轪而并驰。	轮挨着轮并驾齐驱。
驾八龙之婉婉兮，	驾着八龙车徐缓行进，
载云旗之委蛇。	云旗随风舒卷。
抑志而弭节兮，	安定意志掌稳节奏，
神高驰之邈邈。	心驰神往直上九天云霄。
奏《九歌》而舞《韶》兮，	奏的是《九歌》，跳的是《韶》舞，
聊假日以婾乐。	且借着好时光尽情欢乐。
陟升皇之赫戏兮，	车驾刚登上光明的天国，
忽临睨夫旧乡。	忽然看见我的故乡。
仆夫悲余马怀兮，	仆人悲伤了，马儿思恋了，
蜷局顾而不行。	退缩回来不肯前行。
乱曰：已矣哉！	尾声：算了吧！

国无人莫我知兮，	朝廷里无人理解我，
又何怀乎故都？	我又何苦这么思念乡国？
既莫足与为美政兮，	既然无君主共同实行美政，
吾将从彭咸之所居。	我也只好坚守彭咸的节操矣。

登徒子好色赋

宋玉

【原文】

大夫登徒子侍于楚王,短宋玉曰:
"玉为人体貌闲丽,口多微辞,又性好色。愿王勿与出入后宫。"

王以登徒子之言问宋玉。

玉曰:"体貌闲丽,所受于天也;
口多微辞,所学于师也;

【译文】

大夫登徒子陪侍在楚王身边,说宋玉的坏话:
"宋玉这个人文雅俊美,能说会道,又好女色。希望大王不要让他在后宫进进出出。"

楚王听了登徒子的话后去问宋玉。

宋玉说:"我生得俊美是天生的;
能说会道是老师教导的;

至于好色，臣无有也。" 至于好女色是没有的事。"

王曰："子不好色，
亦有说乎？
有说则止，无说则退。"

楚王说："你不好女色，
有解释吗？
如果有就留下来说，没有你就退下吧。"

玉曰："天下之佳人
莫若楚国，
楚国之丽者莫若臣里，

宋玉说："天下美女
谁也比不上楚国，
楚国的美女谁也比不上我的乡里，

臣里之美者莫若臣
东家之子。

我乡里的美女谁也比不上我东邻那个女子。

东家之子，增之一分
则太长，

东邻那个女子，增加一分
就太高了，

减之一分则太短；
著粉则太白，
施朱则太赤；
眉如翠羽，肌如白雪；

减去一分就太矮了；
搽一点粉就太白了，
抹一些胭脂就太红了；
她的眉就像翡翠鸟的羽毛，
皮肤就像白雪；

腰如束素，齿如含贝； 腰像束起的绢，齿像贝一样

	洁白；
嫣然一笑，惑阳城，	笑起来可以迷倒阳城、
迷下蔡。	下蔡的公子哥儿。
然此女登墙窥臣三年，	但她攀墙上张望我已三年之久，
至今未许也。	至现在我没有答应她的追求。
登徒子则不然：	而登徒子就完全不同：
其妻蓬头挛耳，	他的妻子头发蓬乱，耳朵弯蜷，
龂唇历齿，	嘴唇包不住稀疏的牙齿，
旁行踽偻，	走路歪歪斜斜还驼着背，
又疥且痔。	身上长着疥疮和痔疮，
登徒子悦之，	登徒子还爱她，
使有五子。	和她一连生了五个儿子。
王孰察之，	大王细细想一想，
谁为好色者矣。"	我和他究竟是谁好女色呢。"
是时，秦章华大夫在侧，	这时，从秦国出使来的章华大夫也在，
因进而称曰：	他对楚王进言说：

"今夫宋玉盛称邻之女，以为美色，愚乱之邪；臣自以为守德，谓不如彼矣。且夫南楚穷巷之妾，焉足为大王言乎？若臣之陋，目所曾睹者，未敢云也。"
王曰："试为寡人说之。"
大夫曰："唯唯。臣少曾远游，周览九土，足历五都。

"听了宋玉盛赞邻家女子之美，而美色是可以使正人变邪的；我自认为自己是遵守道德的，看起来比之宋玉还是存有差距的。不过，这南楚冷僻小巷一位女子，怎么配向大王称说呢？我虽然见识少，亦曾有所目睹，还不敢向大王讲啊。"
楚王说："你就说给我听听。"
大夫说："好的，好的。我年轻时曾远游一些地方，足迹到过全国九州、五都。

出咸阳、熙邯郸, 从容郑、卫、溱、 洧之间。	去过秦地咸阳,赵国邯郸,在郑国、卫国逗留,经过溱、洧两大江。
是时向春之末, 迎夏之阳,	当时正处于春末夏初的温和季节,
鸧鹒喈喈,群女出桑。	鸟声悦耳,一群姑娘出来采桑。
此郊之姝,华色含光, 体美容冶,不待饰装。	这一带的少女皮肤光洁,苗条秀丽,显出自然之美。
臣观其丽者,因称诗曰:	我看见一位特别漂亮的,对她诵诗称:
'遵大路兮揽子祛。'	'唱《遵大路》这歌,牵着你的衣袖'。
赠以芳华辞甚妙。	还想给她送花,说动听的语言。
于是处子悦若有望而不来, 忽若有来而不见。	少女也好像暗望着我又不敢走近,当走近时好像羞怯又假装没有看见。

意密体疏，俯仰异观；	情意密又保持距离，一俯一仰表现各异；
含喜微笑，窃视流眄。	嘴里含笑，眼光流动偷看。
复称诗曰：	于是我又诵诗：
'寐春风兮发鲜荣，	'春风吹拂，树木花朵欣欣向荣，
洁斋俟兮惠音声，	整洁庄重等待我说出好的音信，
赠我如此兮不如无生。'	似这样不能与她结合，还不如死去。'
因迁延而辞避。	女子听完便慢慢柔柔地离开了。
盖徒以微辞相感动。	因为只用含蓄诗句倾诉。
精神相依凭；	精神上有互相爱恋之意；
目欲其颜，心顾其义，	目睹其芳容，心里总记着道德大义，
扬《诗》守礼，	口虽吟诗，身守礼仪，并无越轨之举，
终不过差，	
故足称也。"	这情景也足可称赞吧。"

读 赋谈赋

于是楚王称善,　　　楚王听了说,你做得很好,
宋玉遂不退。　　　　宋玉也就没有离开。

二、铺张扬厉大赋盛 小赋言志亦抒情

——秦汉辞赋

概述

进入西汉,文人的创作主要在辞赋,作赋风气大行。汉初贾谊、淮南小山等还是继承楚辞的余绪,作品多为骚赋体。转变这风气的是枚乘的作品《七发》。《七发》的结构是用七段文字描述七件事。后来东汉、魏、晋的许多名家跟着仿作,有《七激》《七辩》《七启》《七释》《七讽》等篇。因为作者众多,这一形式便有了辞赋中的一个专称,叫作"七体"。这种结构形式显然受到《楚辞》中《招魂》《大招》两篇的影响,或者和先秦纵横家的游说之辞也有关系。因此,《七发》

可以代表从楚辞到典型的汉赋发展过程中的一个阶段。因为《七发》有比较高明的思想观点，不失讽喻精神，所以能够继承楚辞的优良传统。司马相如和稍后的扬雄、班固、张衡等，都善作"铺张扬厉"的大赋，其作品成为汉赋的主体，如司马相如的《子虚赋》《上林赋》等是代表之作。

大赋在内容上以反映宫廷生活为主，铺陈大汉帝国宫苑的富丽、帝王的豪华、都邑的繁荣、物产的丰富、田猎歌舞的壮观等。大赋在体式上堆砌华丽辞藻，用夸饰的手法、韵散结合的语言和客主问答的形式，对描写的对象大肆铺陈，穷情极貌。

东汉中叶以后，大赋开始衰退，个人言志抒情的小赋逐渐发展起来，张衡的《归田赋》是大赋向小赋转折的节点。赵壹、蔡邕、祢衡等皆善作小赋。小赋篇幅短小，侧重于个人言志抒情，与大赋意趣不同。

汉代的辞赋，就其总的成就来说，在文学史上的地位不是很高，但其中仍然有许多可供今人欣赏和取法的篇章。

二、铺张扬厉大赋盛 小赋言志亦抒情——秦汉辞赋

作家与作品

1. 贾谊(前200—前168),西汉政论家、文学家,河南洛阳人,世称"贾生"。渡湘水时,作赋吊屈原。

作品:《吊屈原赋》《鹏鸟赋》等。

2. 司马相如(约前179—前118),字长卿,西汉辞赋家,四川人。

作品:《子虚赋》《上林赋》《哀秦二世赋》《大人赋》《长门赋》《美人赋》《梨赋》等。

3. 刘安(前179—前122),汉高祖刘邦之孙,袭父封为淮南王。

作品:《淮南王赋》82篇。

4. 董仲舒(前179—前104),西汉政治家、文学家,河北人。为人廉直,恐久必获罪,乃托病辞官,"不治产业,以修学著书为事",终于家。

作品:《士不遇赋》等。

5. 庄忌(亦称严忌,约前188—前105),江苏人。

作品:据《汉书·艺文志》,有赋24篇。(今仅存《哀时命》一篇,为哀伤屈原之作。)

6. 枚乘（？—前140），字叔，西汉辞赋家，江苏人。

作品：《七发》等。近人辑有《枚叔集》。

7. 王褒（前90—前51），字子渊，四川资阳人，西汉辞赋家。

作品：《洞箫赋》等16篇。

8. 刘向（前77—前6），西汉经学家、目录学家、文学家，江苏沛县人。

作品：《九叹》等33篇，绝大部分已亡佚。

9. 扬雄（前53—18），字子云，西汉文学家、哲学家、语言学家，四川成都人。

作品：《羽猎赋》《逐贫赋》《酒赋》《长杨赋》《甘泉赋》等。

10. 傅毅（？—约90），字武仲，东汉文学家，陕西人。与班固等同校内府藏书。

作品：《舞赋》《七激》等。

11. 班婕妤（约前48—前6），西汉文学家，陕西人，班固的祖姑。

作品：《自悼赋》《捣素赋》《怨歌行》。

12. 班彪（3—54），东汉史学家、文学家，陕西人，班固之父。

　　作品：《北征赋》《览海赋》《冀州赋》等。

13. 冯衍（？—102），字敬通，东汉辞赋家，陕西西安人。

　　作品：《显志赋》（骚体）。

14. 班固（32—92），字孟坚，东汉史学家、辞赋家，陕西人，班彪之子。

　　作品：《两都赋》等。

15. 班昭（约49—约120），一名姬，陕西人，班彪之女。

　　作品：《大雀赋》《东征赋》等。

16. 张衡（78—139），字平子，东汉天文学家、文学家，河南南阳人。

　　作品：《归田赋》《二京赋》《思玄赋》等。

17. 马融（79—166），字季长，陕西兴平人。

　　作品：《长笛赋》等。

18. 王延寿（约140—约165），字文考，东汉辞赋家，湖北人。

　　作品：《鲁灵光殿赋》。

19. 赵壹(122—196),字元叔,东汉辞赋家,甘肃人。

　　作品:《刺世疾邪赋》。

20. 蔡邕(133—192),字伯喈,东汉文学家,河南杞县人。

　　作品:《述行赋》等。

21. 祢衡(173—198),字正平,东汉辞赋家,山东人。

　　作品:《鹦鹉赋》等。

作品选载

《吊屈原赋》《长门赋》《刺世疾邪赋》

吊屈原赋

贾谊

【原文】　　　　　【译文】

恭承嘉惠兮,　　　我恭敬地接受皇上恩命,
俟罪长沙;　　　　到长沙王那里担任太傅;

二、铺张扬厉大赋盛　小赋言志亦抒情——秦汉辞赋

侧闻屈原兮，	耳际听到屈原大夫的事，
自沉汨罗。	说他投汨罗江自尽了。
造托湘流兮，	现在我来到湘水流域，
敬吊先生：	恭敬地吊唁你老先生：
遭世罔极兮，	你遭逢世上坏人作乱，
乃殒厥身。	丧失了自己的性命。
呜呼哀哉！	太让人悲痛啊！
逢时不祥。	只因没逢到祥瑞的世道。
鸾凤伏窜兮，	美丽的鸾凤见不到，
鸱枭翱翔。	猫头鹰在到处飞翔。
阘茸尊显兮，	平庸无能的人尊贵了，
谗谀得志；	进谗言的小人得志了；
贤圣逆曳兮，	圣贤人被横拖竖扯，
方正倒植。	光明正大的人被上下颠倒。
世谓随、夷为溷兮，	世人说卞随、伯夷是混乱之辈，
谓跖、蹻为廉；	说盗跖、庄蹻是廉正的人；
莫邪为钝兮，	把莫邪剑说成钝刀，
铅刀为铦。	把铅刀说成锋利。
吁嗟默默，	叹息人不能得志，

生之无故兮；	先生你是无辜受祸了；
斡弃周鼎，	把真宝物无情地抛弃，
宝康瓠兮。	把破烂的瓦壶当成异宝。
腾驾罢牛，	拉车的是疲倦的牛，
骖蹇驴兮；	拖车的驴马已跛足；
骥垂两耳，	良马低垂两耳，
服盐车兮。	无奈地拖着盐车。
章甫荐履，	士大夫的冠帽用来垫鞋子，
渐不可久兮；	这情况可以长久下去吗？
嗟苦先生，	可叹呀先生，
独离此咎兮。	你陷入的是灾难呀！
讯曰：已矣！	唉！算了吧。
国其莫我知兮，	皇上都不理解你，
独壹郁其谁语？	抑郁的心向谁诉说？
凤漂漂其高逝兮，	凤鸟高飞远去了，
固自引而远去。	它是自己引退呀。
袭九渊之神龙兮，	依照九渊神龙的样子，
沕深潜以自珍；	藏在深水里保护自己。
偭蟂獭以隐处兮，	离开蟂獭之类自己隐身吧，

夫岂从虾与蛭螾？	更不要和蛭螾们混在一起。
所贵圣人之神德兮，	学习可贵的圣人品德，
远浊世而自藏；	远离混浊的世道保全自己。
使骐骥可得系而羁兮，	如果骏马被羁绊住了，
岂云异夫犬羊？	还不是和羊狗一样吗？
般纷纷其离此尤兮，	在纷乱的国家里你会犯下过错，
亦夫子之故也。	也有你自己处事的缘故。
历九州而相其君兮，	你可以去别国辅佐君王呀，
何必怀此都也？	何必一定要留在楚国呢？
凤凰翔于千仞兮，	凤凰可以飞在高空上，
览德辉而下之；	观察何处会有怀德的君主；
见细德之险征兮，	仔细审视到危险情况，
遥曾击而去之。	便可以远走高飞。
彼寻常之污渎兮，	那平常的死水沟，
岂能容夫吞舟之巨鱼？	怎能容得下可吞舟的大鱼呢？
横江湖之鱣鲸兮，	哪怕你是江湖上横过江的大鱼，
固将制于蝼蚁。	落在水沟中也会受虫蚁欺侮。

长门赋

司马相如

【原文】

序

孝武皇帝陈皇后，时得幸，颇妒。

别在长门宫，愁闷悲思。

闻蜀郡成都司马相如天下工为文，奉黄金百斤为相如、文君取酒，因于解悲愁之辞。

【译文】

序

汉武帝的陈皇后先得宠，因妒忌武帝另有新欢，以致失宠。

叫她住在长门宫，因此愁闷悲伤。

她听说蜀郡的司马相如写文章天下第一，便以买酒为由给司马相如、卓文君一百斤黄金，要求为她写文章解苦闷悲愁。

二、铺张扬厉大赋盛　小赋言志亦抒情——秦汉辞赋

而相如为文以悟主上，	司马相如的文章感动了武帝，
陈皇后复得亲幸。	于是陈皇后复得亲幸。
其辞曰：	文章说：
夫何一佳人兮，	有这样一位美人啊，
步逍遥以自虞。	自由自在一个人自找乐趣。
魂逾佚而不反兮，	看她其实是魂不守舍，
形枯槁而独居。	因独居而形容憔悴。
言我朝往而暮来兮，	说什么你早晨去了晚上回来，
饮食乐而忘人。	而吃喝玩乐却把我忘了。
心慊移而不省故兮，	绝对是改变心意，忘了旧人，
交得意而相亲。	而与称心如意之人相亲相爱。
伊予志之慢愚兮，	我呀，是缺乏警惕了，
怀贞悫之欢心。	认为你对我的爱敦厚可靠。
愿赐问而自进兮，	希望你会问起我，有机会进见。
得尚君之玉音。	听到你对我说关心的话。

奉虚言以望诚兮，	即使是空话，我也相信是真诚的，
期城南之离宫。	期盼你到长门宫来。
修薄具而自设兮，	我常预备有菲薄的饮食，
君曾不肯乎幸临。	就是得不到你的光临。
廓独潜而专精兮，	我悲伤孤独，愁思不断，
天漂漂而疾风。	天上刮的是凄厉的疾风。
登兰台而遥望兮，	登上华美的楼台远望，
神怳怳而外淫。	却失魂落魄四处飘游。
浮云郁而四塞兮，	浮云郁郁充塞四方，
天窈窈而昼阴。	天遥远而白天阴冷。
雷殷殷而响起兮，	雷声响起了，
声象君之车音。	好像是君王的车驾声。
飘风回而起闺兮，	如风信来了，我开启中门，
举帷幄之襜襜。	摇动帷幕，清洁布幔。
桂树交而相纷兮，	桂树茂盛，绿色掩映，
芳酷烈之閴閴。	还散发出浓烈的清香。
孔雀集而相存兮，	许多孔雀聚在一起互相问好，
玄猨啸而长吟。	黑猿发出吟咏般的呼叫声。

翡翠胁翼而来萃兮，	许多翡翠鸟收敛翅羽会聚一起，
鸾凤翔而北南。	自北而南有鸾凤飞翔着。
心凭噫而不舒兮，	心中有气很不舒畅呀，
邪气壮而攻中。	外邪也进入我体内。
下兰台而周览兮，	于是走下楼台四周随便走走，
步从容于深宫。	脚步总还是停留在深宫里。
正殿块以造天兮，	正殿独立而高大，
郁并起而穹崇。	雄壮几乎可以接天空。
间徙倚于东厢兮，	有时徘徊至东厢，
观夫靡靡而无穷。	景物看不尽，却美好又琐细。
挤玉户以撼金铺兮，	推开玉镶的门，震动了金门环，
声噌吰而似钟音。	开门之声像钟声般响亮。
刻木兰以为榱兮，	屋椽雕刻着木兰，
饰文杏以为梁。	梁柱装饰了文杏。
罗丰茸之游树兮，	罗列繁多的浮柱，
离楼梧而相撑。	缕雕的饰物交叉连接。
施瑰木之欂栌兮，	用珍奇异木装点墙柱，

委参差以棂梁。 留着大小不一的空间。
时仿佛以物类兮, 这里的景物有什么可比拟,
象积石之将将。 应该有如积石山的高峻吧。
五色炫以相曜兮, 五种颜色互相照耀,
烂耀耀而成光。 显得非常明亮。
致错石之瓴甓兮, 带花纹的石块作为铺地砖,
象瑚珸之文章。 花色像玳瑁一般。
张罗绮之幔帷兮, 张开绫罗制的帷幔,
垂楚组之连纲。 用楚地产的组绶作为总绶带。

抚柱楣以从容兮, 从容地抚摸柱梁,
览曲台之央央。 浏览楼宇曲栏的宽广。
白鹤噭以哀号兮, 又听到白鹤发出哀叫之声,
孤雌跱于枯杨。 失偶的雌鸟停歇在枯杨树上。
日黄昏而望绝兮, 月色已昏暗,等候不到他了,
怅独托于空堂。 只能托身在这空空的大堂。
悬明月以自照兮, 天上的明月只照我一个人,
徂清夜于洞房。 一个清静的夜又消逝在这深邃的内室。

援雅琴以变调兮,	把雅琴变个调弹奏这愁苦之心境,
奏愁思之不可长。	这样遣愁怀是不能长久的。
案流徵以却转兮,	雅正的琴曲转变为哀伤的徵音,
声幼妙而复扬。	声轻细而现出悠扬。
贯历览其中操兮,	把曲调贯串起来寻求中心的情境,
意慷慨而自卬。	还是态度刚正,情绪激昂。
左右悲而垂泪兮,	不管怎样总还是悲伤垂泪,
涕流离而从横。	涕泪还是淋漓不尽。
舒息悒而增欷兮,	吐露忧郁、愁苦却增添了哽咽之声,
蹠履起而彷徨。	趿着鞋又举止彷徨。
揄长袂以自翳兮,	扬起长衣袖把脸遮住,
数昔日之諐殃。	回想过去自己的错误和缺点。
无面目之可显兮,	几乎无颜面对人家啊,
遂颓思而就床。	只能放弃满腹心事上床。

抟芬若以为枕兮，　　　在枕边揉着香草，
席荃兰而茝香。　　　　躺于荃兰、茝香草旁。
忽寝寐而梦想兮，　　　不觉之间睡着还做了梦，
魄若君之在旁。　　　　就好像陪伴在君王身旁。
惕寤觉而无见兮，　　　梦醒后却什么都看不见，
魂迋迋若有亡。　　　　恐惧中好像丢掉了什么。
众鸡鸣而愁予兮，　　　鸡在鸣叫，增添了愁肠，
起视月之精光。　　　　起身而看到洁白的月亮。
观众星之行列兮，　　　天上的星星一行一列，
毕昴出于东方。　　　　毕昴二星出现在东方。
望中庭之蔼蔼兮，　　　厅堂里光线暗淡，
若季秋之降霜。　　　　犹如降着秋霜。
夜曼曼其若岁兮，　　　长夜漫漫，度日如年，
怀郁郁其不可再更。　　这郁郁愁怀再也难以忍受。
澹偃蹇而待曙兮，　　　我站立起来等待天亮，
荒亭亭而复明。　　　　盼望远处飞来曙光。
妾人窃自悲兮，　　　　尽管我暗自愁苦着，
究年岁而不敢忘。　　　但是，时日再久也不敢忘
　　　　　　　　　　　记君王。

刺世疾邪赋

赵壹

【原文】

伊五帝之不同礼,
三王亦又不同乐。
数极自然变化,
非是故相反驳。
德政不能救世溷乱,
赏罚岂足惩时清浊?

春秋时祸败之始,
战国逾增其荼毒。
秦汉无以相逾越,
乃更加其怨酷。

【译文】

说起五帝治国皆有不同的礼法,
三王时亦各有不同的乐政。
随时势的不同而作出变化。
不是故意和前代对立。
德政不能挽救混乱的世道,
只靠赏罚怎么能激浊扬清呢?

春秋时开始世道败坏,
到战国加重了争斗的灾殃。
至秦汉也跳不过绕不开,
甚至更加残酷。

宁计生民之命？	有谁关心过百姓的祸福？
为利己而自足。	还不都是计较自己的私利。
于兹迄今，	到了现在，
情伪万方。	真的假的混杂且常常变化。
佞谄日炽，	邪恶谄媚的人一天天猖狂，
刚克消亡。	刚正做事的人没有了，
舐痔结驷，	阿谀逢迎的人乘坐驷马高车，
正色徒行。	正直的人艰难徒步行走，
妪㜷名势，	对有名气有势力的人弯腰屈膝，
抚拍豪强。	在豪强面前笑脸逢迎。
偃蹇反俗，	高傲地违反世俗，
立致咎殃。	使正人犯罪遭殃。
捷慑逐物，	趋炎附势不遗余力，
日富月昌。	终于使自己富贵荣昌。
浑然同惑，	社会的怪现状都使人困惑了，
孰温孰凉？	不知道什么是温暖什么是悲凉？
邪夫显进，	小人飞黄腾达了，
直士幽藏。	正人君子不得志，脸上无光。

原斯瘼之所兴,	推究这弊病的兴起,
实执政之匪贤。	实在是执政者缺乏道德。
女谒掩其视听兮,	宫廷中妇女之言乱了视听,
近习秉其威权。	亲近的人狐假虎威而掌权。
所好则钻皮出其毛羽,	对喜欢的人竭力夸其优点,
所恶则洗垢求其瘢痕。	对不喜欢的人故意夸大其缺点。
虽欲竭诚而尽忠,	虽然想要竭尽忠诚,
路绝险而靡缘。	路子既危险又没有缘分。
九重既不可启,	皇上的门不开无法进入,
又群吠之狺狺。	狗的狂吠声又不绝于耳。
安危亡于旦夕,	国家的危亡已在旦夕之间,
肆嗜欲于目前。	还以为安稳无忧。
奚异涉海之失柂,	就如大海航行失去了舵手,
坐积薪而待然?	坐在柴堆上等候燃烧。
荣纳由于闪榆,	荣贵靠谄媚得到,
孰知辨其蚩妍?	还分不出他是好是坏?
故法禁屈桡于势族,	国法不去制裁这些贵族,
恩泽不逮于单门。	恩泽到不了平常人家。

宁饥寒于尧舜之荒岁兮，	我宁愿处在尧舜时代受些荒年的饥寒，
不饱暖于当今之丰年。	不想享当今丰年的饱暖。
乘理虽死而非亡，	顺从天理死了也不算死，
违义虽生而匪存。	违背道义有生命也枉活人世！
有秦客者，乃为诗曰：	有位秦国的客人作诗说：
河清不可俟，	黄河澄清之日是等不到的，
人命不可延。	人的寿命也不能任意延长。
顺风激靡草，	就如顺风而倒的小草，
富贵者称贤。	富贵之人竟成为"贤达"，非常强势。
文籍虽满腹，	哪怕你有经纶满腹，
不如一囊钱。	还不如有一袋钱管用。
伊优北堂上，	卑躬屈节者坐高堂之上，
抗脏倚门边。	正直的人在门边无人理睬。
鲁生闻此辞，	有位鲁生听了这番话，
系而作歌曰：	接着也作歌说：
势家多所宜，	有权势者怎样都是好的，
咳唾自成珠；	吐出的唾沫都成了珠子；

被褐怀金玉，	穿粗布衣的穷人具有好品质，
兰蕙化为刍。	明明是香草都受人轻贱。
贤者虽独悟，	贤人虽然很明智，
所困在群愚。	却受困在一群愚人里面。
且各守尔分，	算了！安分守己吧，
勿复空驰驱。	不要再为功名空忙。
哀哉复哀哉，	无限的悲痛啊，
此是命矣夫！	这也许是命运决定的。

三、不求铺张爱小赋　题材宽广色斑斓

——三国辞赋

概述

　　谈三国时期的辞赋,离不开建安文学。建安是东汉末代皇帝汉献帝的年号,从公元196年至219年为建安时期。文学史上所说的建安文学,指的是汉末至魏初以建安时期为中心的这一阶段。这一时期的诗歌、辞赋、散文等都呈现崭新的面貌,其中以诗歌的成就为最高。代表作家有曹操、曹丕、曹植和建安七子(孔融、陈琳、王粲、徐幹、阮瑀、应场、刘桢)。

　　建安时期辞赋的特点,首先,是以短小的抒情性小赋代替了过去铺张堆砌的大赋。现存建安时期的赋,绝大多数是篇幅较短的小赋，它和诗一样，更加注意修辞炼句，对后来的文学颇有影响。其次，建安小赋扩大了写作题材，从人物、事情、器物到动植物，都可以是写作的对象，代表作如杨修的《孔雀赋》、丁廙的《弹棋赋》、阮籍的《猕猴赋》、王粲的《登楼赋》、曹植的《洛神赋》皆是如此。最后，有不少赋属应命即席之作。

作家与作品

1. 繁钦（？—218），字休伯，汉魏间文学家，河南人。长于书记，善为诗赋。

　　作品：《三胡赋》等。

2. 蔡琰（177—239），字文姬，东汉文学家，蔡邕之女，河南人。

　　作品：《悲愤诗》（骚体）等。

3. 杨修（175—219），字德祖，东汉末文学家，陕西人。

　　作品：《许昌宫赋》《神女赋》《出征赋》《节游赋》《孔雀赋》等。

4. 丁廙（？—220），字敬礼，东汉末文学家，安徽人。

作品：《弹棋赋》《蔡伯喈女赋》。

5. 王粲（177—217），字仲宣，东汉末文学家，山东邹县人。

作品：《登楼赋》等。

6. 曹植（192—232），字子建，三国魏著名文学家，安徽人。曹操之子，曹丕之弟。

作品：据陈一百著《曹子建诗研究》载，曹植有赋作45篇，特列如下。

《东征赋》（有序）、《游观赋》、《怀亲赋》（有序）、《玄畅赋》（有序）、《幽思赋》、《节游赋》、《感节赋》、《离思赋》（有序）、《闲居赋》、《释思赋》（有序）、《临观赋》、《潜志赋》、《慰子赋》、《叙愁赋》（有序）、《秋思赋》、《九愁赋》、《娱宾赋》、《愍志赋》（有序）、《归思赋》、《静思赋》、《感婚赋》、《出妇赋》、《洛神赋》（有序）、《愁霖赋》（二首）、《喜霁赋》、《登台赋》、《九华扇赋》（有序）、《宝刀赋》（有序）、《车渠碗赋》、《迷迭香赋》、《大暑赋》、《神龟赋》（有序）、《白鹤赋》、《蝉赋》、《鹦鹉赋》、《鹬赋》（有序）、《离缴雁赋》（有序）、《鹞雀赋》、《蝙蝠赋》、《芙蓉赋》、《酒赋》（有序）、《槐赋》、《橘赋》、《述行赋》。

7. 阮籍（210—263），字嗣宗，三国时期魏文学家，河南人。"竹林七贤"之一，世称阮步兵。

作品：《鸠赋》《猕猴赋》等。

作品选载

《登楼赋》《洛神赋》

登楼赋

王粲

【原文】

登兹楼以四望兮，
聊暇日以销忧。

【译文】

我登上这座楼向四面眺望，暂且趁闲暇消遣心中的忧郁。

览斯宇之所处兮，	这座楼的建筑与周边的环境，
实显敞而寡仇。	既明亮又宽敞，少有匹敌。
挟清漳之通浦兮，	带清漳之水可到通浦，
倚曲沮之长洲。	又靠着弯曲沮水中的长岛。
背坟衍之广陆兮，	北有广阔的沿河平地，
临皋隰之沃流。	西临平野的灌溉河川。
北弥陶牧，西接昭丘。	北面极目处是陶牧，西面接壤昭丘；
华实蔽野，黍稷盈畴。	花果遮原蔽野，庄稼长满田间。
虽信美而非吾土兮，	景色确实够美但不是自己的家乡，
曾何足以少留。	怎么值得作片刻逗留呢？
遭纷浊而迁逝兮，	遭遇乱世我迁离故乡，
漫逾纪以迄今。	悠悠忽忽到这里已超过十二年了。
情眷眷而怀归兮，	心里怀念的是归家乡去，
孰忧思之可任？	谁又受得了这种忧思呀？
凭轩槛以遥望兮，	我靠着窗前栏杆远望，

向北风而开襟。	迎着北风,敞开衣襟。
平原远而极目兮,	极目远望北面的平原,
蔽荆山之高岑。	却又被荆山的高岗遮住了。
路逶迤而修迥兮,	路太曲折太遥远了,
川既漾而济深。	河道汪洋深邃,难以渡过。
悲旧乡之壅隔兮,	为受阻塞不能归家乡而悲伤呀,
涕横坠而弗禁。	禁不住要流下许多泪水。
昔尼父之在陈兮,	从前孔夫子到陈国时不顺利,
有归欤之叹音。	也发出"归欤归欤"的叹息声。
钟仪幽而楚奏兮,	钟仪被囚禁,琴里弹奏出楚国曲调,
庄舄显而越吟,	庄舄在楚国做官还常唱越国的歌。
人情同于怀土兮,	人都是一样有怀念故乡之心,
岂穷达而异心?	难道还会因贫穷和显贵就不同吗?
惟日月之逾迈兮,	时光越去越远,一去不返呀,

读 赋谈赋

俟河清其未极。	我等待黄河清澈这一天的到来。
冀王道之一平兮，	希望朝廷有良好正常的状况，
假高衢而骋力。	我可以像马一样在大道上跑出自己的力量与速度。
惧匏瓜之徒悬兮，	我不能像匏瓜一样老悬挂在藤上呀，
畏井渫之莫食。	怕滤清的井水无人肯饮用。
步栖迟以徙倚兮，	我徘徊沉思遥想，
白日忽其将匿。	太阳快要落山，天快要黑了。
风萧瑟而并兴兮，	吹来的风凄凉萧条呀，
天惨惨而无色。	天色也惨淡无光。
兽狂顾以求群兮，	大风之下兽类疯狂地寻找同伴，
鸟相鸣而举翼。	鸟雀也举翅边叫边飞。
原野阒其无人兮，	原野上寂静无人了，
征夫行而未息。	只有走路的人还停不下来。

心凄怆以感发兮，	心中凄惨悲伤而触发出来，
意忉怛而憯恻。	说不尽种种悲伤的情状。
循阶除而下降兮，	踏着楼梯一步步下行，
气交愤于胸臆。	满腔气愤藏在胸中。
夜参半而不寐兮，	已经半夜了仍不能入睡，
怅盘桓以反侧。	因心中难过纠结，在床上翻来覆去。

洛神赋

曹植

【原文】　　　　　**【译文】**

　　序　　　　　　　　序

黄初三年，	魏文帝黄初三年，
余朝京师，	我到京城朝见皇上，
还济洛川。	接着在洛水渡船。
古人有言，	从前的人说，
斯水之神，	洛水有神仙，

名曰宓妃。	名叫宓妃。
感宋玉对楚王神女之事，	我有感于宋玉对楚王谈神女这事，
遂作斯赋。其辞曰：	于是写了这篇赋，内容如下：
余从京域，言归东藩。	我从京城要回东藩去。
背伊阙，越轘辕，	翻越伊阙、轘辕山岳险地，
经通谷，陵景山。	又经过通谷、景山。
日既西倾，车殆马烦。	太阳西斜，也已是马困人倦了，
尔乃税驾乎蘅皋，	于是解脱勒马的绳索，
秣驷乎芝田，	找些饲料喂马。
容与乎阳林，	在阳林悠闲地休息，
流眄乎洛川。	用眼审视了洛水。
于是精移神骇，	忽然感到精神恍惚，
忽焉思散。	思绪无法集中。
俯则未察，仰以殊观。	俯仰之间景物似是而非。
睹一丽人，于岩之畔。	这时看见一位美丽女子在山岩旁边。
乃援御者而告之曰：	我拉住驾车人，对他说：
"尔有觌于彼者乎？	"你看见山岩边有个女

彼何人斯？	子吗？ 到底是谁，
若此之艳也！"	竟这么漂亮！"
御者对曰：	驾车人回答说：
"臣闻河洛之神，	"我曾听说这洛河有位神女，
名曰宓妃。	她的名字叫宓妃。
然则君王之所见，	现在你看见的，
无乃是乎？其状若何？	不知是不是她？她生得怎么样？
臣愿闻之。"	可不可以说来听听。"
余告之曰：其形也，	我对驾车人说：她的形影呀，
翩若惊鸿，婉若游龙。	像鸿雁很轻快地飞，像游龙婉转自如。
荣曜秋菊，华茂春松。	像盛开的秋菊，如茂盛的春松。
仿佛兮若轻云之蔽月，	如轻云遮蔽住月亮，
飘飖兮若流风之回雪。	若流风飘回了雪花。
远而望之，	远远看去，
皎若太阳升朝霞；	洁白如早晨的太阳；

追而察之，	追上去观察，
灼若芙蕖出渌波。	明丽如荷花出水。
秾纤得衷，修短合度。	肥瘦恰到好处，高矮合乎标准。
肩若削成，腰如束素。	肩像是雕削而成，腰如纤纤的束绢。
延颈秀项，皓质呈露。	长而秀的颈项，显出本有的白皙。
芳泽无加，铅华弗御。	不必再添香料、不用另施脂粉。
云髻峨峨，修眉联娟。	高而秀的头发，细长弯弯的眉毛。
丹唇外朗，皓齿内鲜，	红唇向外显露，内有洁白的牙齿。
明眸善睐，靥辅承权。	眼珠明亮转动，有酒窝的两颊在颧骨下面。
瑰姿艳逸，仪静体闲。	容貌珍奇，仪态娴静。
柔情绰态，媚于语言。	温柔婉和的姿态，有如美好语言。

三、不求铺张爱小赋 题材宽广色斑斓——三国辞赋

奇服旷世,骨像应图。	奇异的服饰世上所无,形象有如图画。
披罗衣之璀粲兮,	穿的罗衣如珠玉光彩鲜明啊,
珥瑶碧之华琚。	耳朵上戴着珍贵的玉饰。
戴金翠之首饰,	头部戴的都是金玉翡翠的装饰品,
缀明珠以耀躯。	全身上下的明珠发出光彩。
践远游之文履,	穿着远游绣花鞋,
曳雾绡之轻裾。	步行时微微摆动轻纱薄裾。
微幽兰之芳蔼兮,	身上散发出兰花的香气,
步踟蹰于山隅。	缓步在山岩边。
于是忽焉纵体,	又只见她舒展着身子,
以遨以嬉。	一边散步一边嬉戏。
左倚采旄,右荫桂旗。	左面倚着彩旄,右面桂旗庇荫。
攘皓腕于神浒兮,	卷起衣袖露出白手腕,行走于岸边,
采湍濑之玄芝。	去采摘急流河滩边的黑色

	芝草。
余情悦其淑美兮,	我十分欣赏她的美好姿态啊,
心振荡而不怡。	一颗心已跳动不安了。
无良媒以接欢兮,	没有媒人可代我去表达欢愉之情,
托微波而通辞。	只能托水波向她表达我的话语。
愿诚素之先达兮,	愿将我的真诚先告诉她,
解玉佩以要之。	解下玉佩赠给她作为订交。
嗟佳人之信修兮,	我赞叹美人你确实美好,
羌习礼而明诗。	相信你是一位习礼明诗的人。
抗琼珶以和予兮,	如果你给我美玉作为回答,
指潜渊而为期。	我可以面对深渊立下誓言。
执眷眷之款实兮,	我的爱恋是十分真诚的,
惧斯灵之我欺。	但我恐怕你会欺骗我。
感交甫之弃言兮,	就像郑交甫被神女骗了一样,
怅犹豫而狐疑。	怎不使人将信将疑。

三、不求铺张爱小赋　题材宽广色斑斓——三国辞赋

收和颜而静志兮，	还是收敛欢颜，冷静下来吧，
申礼防以自持。	用礼法控制自己的情绪。
于是洛灵感焉，	洛水神女好像觉察到了我的顾虑，
徙倚彷徨，	开始徘徊彷徨。
神光离合，乍阴乍阳。	她的身影若隐若现，一时暗一时亮。
竦轻躯以鹤立，	耸起身躯如白鹤站立，
若将飞而未翔。	就好像要飞翔起来。
践椒涂之郁烈，	踏着充满花椒浓香的小道，
步蘅薄而流芳。	走过香气迷人的杜蘅草丛。
超长吟以永慕兮，	我大声吟唱爱慕她的诗，
声哀厉而弥长。	声音很长且带有哀伤。
尔乃众灵杂沓，	于是来了众多神灵，
命俦啸侣，	接受你的呼唤邀集。
或戏清流，或翔神渚，	或在清流上嬉戏，或在小洲上起舞，
或采明珠，或拾翠羽。	或采得明珠，或拾到翠羽。
从南湘之二妃，	跟着娥皇、女英二位湘水神，

读 赋 谈 赋

携汉滨之游女。	携着汉江之滨的游女。
叹匏瓜之无匹兮，	只叹息匏瓜星没有匹配，
咏牵牛之独处。	牵牛星也只有它自己。
扬轻袿之猗靡兮，	你扬起随风飘动的上衣。
翳修袖以延伫。	用衣袖遮额远眺，不想离去。
体迅飞凫，飘忽若神。	你身体像飞凫，那么敏捷，是轻快灵动之神。
凌波微步，罗袜生尘。	你在水波上微步，依稀留下足迹。
动无常则，若危若安。	你行止不求规则，似有危险又复安然。
进止难期，若往若还。	你时进时停，好像往前而又返回。
转眄流精，光润玉颜。	目光灵动，精光四射，滋润着姣好的容颜。
含辞未吐，气若幽兰。	话未出口，却已香气如兰。
华容婀娜，令我忘餐。	你娇媚的花容，使我忘记了饥饿和吃饭。
于是屏翳收风，	于是屏翳把风停下，

三、不求铺张爱小赋 题材宽广色斑斓——三国辞赋

川后静波。	川后静止了水波，
冯夷鸣鼓，	冯夷擂响钟鼓，
女娲清歌。	女娲奏起清歌。
腾文鱼以警乘，	文鱼飞起来，车马准备出行，
鸣玉鸾以偕逝。	在玉鸾的响声中大家一齐离去。
六龙俨其齐首，	六龙庄重聚首，
载云车之容裔，	驾着云车从容前行。
鲸鲵踊而夹毂，	鲸鲵腾跃在车驾左右，
水禽翔而为卫。	众多水禽飞翔护卫。
于是越北沚。	车乘接着越过水边陆地。
过南冈，纡素领，回清阳，	经过南冈，洛神转动雪白颈项，眉目飞扬。
动朱唇以徐言，	启动红唇徐徐说话，
陈交接之大纲。	陈说人际交往的道理。
恨人神之道殊兮，	只恨人与神道路不同啊，
怨盛年之莫当。	又可惜没能相逢在少壮。
抗罗袂以掩涕兮，	举起衣襟掩住涕泪，
泪流襟之浪浪。	泪水还是滚滚流下来。

悼良会之永绝兮，	痛悼这次良会永久不再有，
哀一逝而异乡。	哀伤一别而各在异地。
无微情以效爱兮，	无法用情表明我的爱意啊，
献江南之明珰。	只能送给你江南的明珠耳环。
虽潜处于太阴，	我虽然处在鬼神居住的异域，
长寄心于君王。	一颗心还寄托在君王身上。
忽不悟其所舍，	突然，已不知她到哪里去了，
怅神宵而蔽光。	我为众灵一时消失隐去光彩而深感惆怅。
于是背下陵高，	于是我从山丘下来，登上高处，
足往神留，	脚步虽移，心神却留在原地，
遗情想像，顾望怀愁。	忘情地想象，愁肠百结地张望。
冀灵体之复形，	希望她的神躯再次出现，
御轻舟而上溯。	我可以驾轻舟逆水而上相会。
浮长川而忘返，	行舟于悠长的洛水以致忘记

	了归程,
思绵绵而增慕。	绵长的思慕之情不断增强。
夜耿耿而不寐,	夜里心绪不安无法入睡,
沾繁霜而至曙。	身上沾着繁霜直到天亮。
命仆夫而就驾,	叫驾车人开始上路吧,
吾将归乎东路。	我还是回东藩去。
揽騑辔以抗策,	当坐着马车举鞭催行,
怅盘桓而不能去。	却又怅然若失,徘徊依恋,无法离去。

四、大赋名篇仍显赫　小赋量多尚自然

——两晋辞赋

概述

先说西晋辞赋。《诗品序》称:"太康中,三张(张载、张协、张亢,作者注,下同)、二陆(陆机、陆云)、两潘(潘岳、潘尼)、一左(左思),勃尔复兴,踵武前王,风流未沬,亦文章之中兴也。"晋武帝太康、惠帝元康时期(280—299),仍有大赋名篇出现,如左思的《三都赋》、潘岳的《西征赋》、木华的《海赋》。不过,抒情咏物的小赋还是占主要地位。太康作家喜作辞赋,这一时期赋的数量甚至超过了建安时期。赋的题材进一步扩大,甚至出现了论述创作的赋,

四、大赋名篇仍显赫　小赋量多尚自然——两晋辞赋

如陆机的《文赋》。这一时期的赋作名篇还有潘岳的《秋兴赋》、成公绥的《啸赋》等。但是，这一时期模拟之作较多，因而缺少新意与个性，且过于崇尚文采，以致追求字句的雕琢，削弱了艺术感染力。

东晋时期，统治阶级内部斗争激化，许多名士不得善终，加上玄学盛行，故辞赋的创作整体上不如西晋繁盛，但也出现了一些著名作品，如袁宏的《东征赋》、郭璞的《江赋》、孙绰的《游天台山赋》等。这个时期的诗和辞赋较少雕琢，如陶渊明的《归去来兮辞》《闲情赋》《感士不遇赋》等，具有平淡独特的风格。

作家与作品

1. 潘岳（247—300），字安仁，西晋文学家，河南人。能诗赋，与陆机齐名。

作品：《秋兴赋》《闲居赋》《西征赋》《笙赋》《射雉赋》《寡妇赋》《怀旧赋》《藉田赋》。

2. 左思（250—305），字太冲，西晋文学家，山东人。《晋书·左思传》谓其构思十年，写成《三都赋》，"豪

贵之家,竞相传写。洛阳为之纸贵"。

  作品:《三都赋》等。

3. 左棻(？—300),西晋文学家,左思之妹,山东人。

  作品:《离思赋》。

4. 陆机(261—303),字士衡,西晋文学家,上海人。其《文赋》为古代重要文学论文。

  作品:《文赋》《叹逝赋》《豪士赋》。

5. 陆云(262—303),字士龙,西晋文学家,上海人。陆机弟。以文才与陆机齐名,时称"二陆"。

  作品:《秋霖赋》。

6. 束皙(261—300),字广微,西晋文学家,河北人。

  作品:《劝农赋》《饼赋》《贫家赋》。

7. 木华,字玄虚,西晋辞赋家,河北人。

  作品:《海赋》。

8. 郭璞(276—324),字景纯,东晋文学家、训诂学家,山西人。擅长诗赋,好古文奇字,又善阴阳卜筮之术。

  作品:《江赋》。

9. 庾阐,河南人。

  作品:《扬都赋》。

10. 孙绰（314—371），字兴公，东晋文学家，山西人。

作品：《游天台山赋》《遂初赋》。

11. 袁宏（328—376），字彦伯，小字虎，东晋文学家，河南人。文章绝美，他的《东征赋》《北征赋》受时人赏识，今仅存片段。

作品：《东征赋》《北征赋》等。

12. 陶渊明（365或372或376—427），名潜，字元亮，东晋诗人，江西九江人。

作品：《闲情赋》等。

作品选载

《闲情赋》

闲情赋

陶渊明

【原文】	【译文】
夫何瑰逸之令姿，	是何处来了这位奇逸美貌

> 读 赋谈赋

	的女子，
独旷世以秀群。	绝世的容颜确实超群独有。
表倾城之艳色，	外表有倾国倾城之艳，
期有德于传闻。	希望更会有良好的贤淑名声。
佩鸣玉以比洁，	她像白玉般雅洁，
齐幽兰以争芬。	如幽兰般散发芬芳。
淡柔情于俗内，	通俗的内心有一片淡远柔情，
负雅志于高云。	还具有高云般的雅志。
悲晨曦之易夕，	她悲恻白天太快转为黑夜，
感人生之长勤；	感叹人的一生太过劳苦。
同一尽于百年，	既然大家都长期生活在一起，
何欢寡而愁殷！	为什么要少欢乐而多愁虑呢？
褰朱帏而正坐，	她掀开布帏居中正坐，
泛清瑟以自欣。	把瑟弹奏以求欢欣。
送纤指之余好，	用纤指弹出清雅的乐音，
攘皓袖之缤纷。	挽起衣袖增添色彩。
瞬美目以流眄，	眼睛美而灵动媚人，
含言笑而不分。	是言是笑一时也分不清。

四、大赋名篇仍显赫 小赋量多尚自然——两晋辞赋

曲调将半，景落西轩。	曲调弹奏至近半，日影已落西窗。
悲商叩林，	似秋风吹拂树林，
白云依山。	如白云环绕远山。
仰睎天路，	一面看视远景和四周环境，
俯促鸣弦。	一面尽情抚瑟。
神仪妩媚，	精神和仪态显得非常可爱，
举止详妍。	弹琴的动作安详而美妙。
激清音以感余，	清雅的琴瑟之音打动了我，
愿接膝以交言。	很想前去和她促膝交谈。
欲自往以结誓，	若自己一人前去表达爱意，
惧冒礼之为愆；	又怕越了礼节而犯下错误。
待凤鸟以致辞，	如要等待鸾凤鸟为我做媒，
恐他人之我先。	又怕被别人抢先一步。
意惶惑而靡宁，	我彷徨困惑，心绪不宁，
魂须臾而九迁：	霎时神魂飘荡不定了。
愿在衣而为领，	我愿变成她身上的衣领，
承华首之余芳；	闻到她头颈的芳香；
悲罗襟之宵离，	可惜秋天的凉夜罗襟要脱去，

怨秋夜之未央！	而秋夜好像没有尽头。
愿在裳而为带，	我愿变成她身上的裙带，
束窈窕之纤身；	束住她静美的腰身；
嗟温凉之异气，	可惜气候温凉变化，
或脱故而服新！	或又要更换衣裳了。
愿在发而为泽，	我愿化作润泽的发油，
刷玄鬓于颓肩；	润泽她肩上的黑发；
悲佳人之屡沐，	又怕她要洗头发，
从白水而枯煎！	清水使头发失去了光泽。
愿在眉而为黛，	我愿作她眉上的青黛色，
随瞻视以闲扬；	美目在瞻视时显得轩昂；
悲脂粉之尚鲜，	又怕因脂粉的鲜艳，
或取毁于华妆！	被压倒而失去色彩。
愿在莞而为席，	我愿变成草织成席子，
安弱体于三秋；	让她安眠稳睡；
悲文茵之代御，	又怕该换褥子了，
方经年而见求！	到第二年才需要我。
愿在丝而为履，	我愿为丝织成鞋子，
附素足以周旋；	让她的素足随意散步；

悲行止之有节，	又怕她行动有许多节制，
空委弃于床前！	经常把我搁置于床前。
愿在昼而为影，	我想成为白天的人影，
常依形而西东；	随着她时西时东，
悲高树之多荫，	可惜大树的阴影太浓，
慨有时而不同！	有时要把我遮掉。
愿在夜而为烛，	我可以化作一支蜡烛在夜间点亮，
照玉容于两楹；	在柱子间照亮美人的玉容；
悲扶桑之舒光，	只怕日出后的白天，
奄灭景而藏明！	把我熄灭而无光。
愿在竹而为扇，	我愿变成竹做成扇子，
含凄飙于柔握；	在她手中扬起清风；
悲白露之晨零，	怕的是秋临露降吹起凉风，
顾襟袖以缅邈！	就不得不远离她的襟袖了。
愿在木而为桐，	我愿意是一根梧桐木，
作膝上之鸣琴；	桐木制的琴供她放膝上弹；
悲乐极以哀来，	又怕她乐极而生悲，
终推我而辍音！	最终把琴推开不再弹了。

考所愿而必违，	细想一下，上面各种愿望都是虚幻的，
徒契契以苦心。	徒然伤了自己的心。
拥劳情而罔诉，	一腔苦情无处诉说，
步容与于南林。	只得徘徊在南边的树林。
栖木兰之遗露，	在尚带露珠的木兰边略作栖息，
翳青松之余阴。	在青松的遮蔽下感受阴凉。
傥行行之有觌，	随意行走或有所见，
交欣惧于中襟；	会有惊喜在心胸之中。
竟寂寞而无见，	而树林里竟然什么也看不到，
独悁想以空寻。	只好放弃思念，不再空自寻找了。
敛轻裾以复路，	提起衣裙从原路返回，
瞻夕阳而流叹。	面对西下的夕阳叹息。
步徙倚以忘趣，	一路走走停停，忘记要往哪里去，
色凄惨而矜颜。	心里悲苦，满面愁容。

叶爕爕以去条，	树叶离开树枝飘飘落地，
气凄凄而就寒，	秋气凄凄带着寒意。
日负影以偕没，	太阳带着它的光影消失了，
月媚景于云端。	月亮在云端里妩媚。
鸟凄声以孤归，	鸟鸣声凄厉而独自归来，
兽索偶而不还。	兽类寻找不到伴侣。
悼当年之晚暮，	在迟暮的年纪凭吊当年，
恨兹岁之欲殚。	含恨眼前的美好光景将尽。
思宵梦以从之，	希望夜梦中能见到她，
神飘飘而不安；	神魂飘荡而不安。
若凭舟之失棹，	就像行船失去了船桨，
譬缘崖而无攀。	身处悬崖无可攀的树枝。
于时毕昴盈轩，	那时毕昴二星照在窗户，
北风凄凄，	北风凄凄刮来。
恫恫不寐，	心中惊恐难以入睡，
众念徘徊。	各种思绪在脑际徘徊。
起摄带以伺晨，	穿起衣服，等待天亮，
繁霜粲于素阶。	只见台阶上积满了白霜。
鸡敛翅而未鸣，	司晨的鸡还敛着双翅栖息

	而未叫鸣,
笛流远以清哀;	却听到远处传来笛声。
始妙密以闲和,	笛声开始时平和从容,
终寥亮而藏摧。	后来变得高亢而激烈。
意夫人之在兹,	我以为美人也许就在这里,
托行云以送怀;	希望行云为我传递思慕之情。
行云逝而无语,	行云无语而飘走了,
时奄冉而就过。	时光慢慢过去。
徒勤思以自悲,	自己徒然悲伤思虑,
终阻山而滞河。	却被山河重重阻隔。
迎清风以祛累,	迎着清风吹散思虑之累,
寄弱志于归波。	把杂念回归到变化的现实中来。
尤《蔓草》之为会,	男欢女爱不要像《郑风·野有蔓草》中那样越了礼法,
诵《召南》之余歌。	要赞诵像《诗经·召南》所说的正当良好之爱。
坦万虑以存诚,	消除种种思虑,省察自己的真诚,
憩遥情于八遐。	把真诚寄托于遥远的八方吧。

五、南朝名家多佳作　北朝赋风远逊南

——南北朝辞赋

概述

辞赋在东晋时期较为沉寂,到了南朝又兴盛起来,大致按小赋和大赋两条路子发展,但倾向于华靡。刘宋时颜延之的《赭白马赋》、谢灵运的《山居赋》较有名。谢惠连的《雪赋》、谢庄的《月赋》,为六朝咏物赋的代表之作。鲍照的《芜城赋》为这一时期抒情小赋中的翘楚。齐代赋作较少,谢朓的《临楚江赋》等较有名。梁代是南朝辞赋的全盛期,虽说宫体诗人所写的赋一般流于轻艳,但不尽然。江淹的赋,题材较为广阔,其《恨赋》《别赋》为历代传诵名篇。沈约也以辞赋著称。陈代赋作甚少，其中徐陵的《鸳鸯赋》较有名。

北朝辞赋远不如南朝兴盛，最早有张渊的《观象赋》尚称可读。北魏后期，朝政纷乱，文人借辞抒愤，出现了一些带模仿痕迹的讽世之作，如元顺的《蝇赋》、卢元明的《剧鼠赋》等，而袁翻的《思归赋》则有较强的抒情味。北齐颜之推的《观我生赋》也较可读。由南入北的庾信是南北朝时期辞赋方面的大家，其代表作《哀江南赋》等流传千古。

作家与作品

1. 颜延之（384—456），字延年，南朝宋诗人，山东人。
　　作品：《赭白马赋》。
2. 谢灵运（385—433），南朝宋诗人，河南太康人。其诗多描写山水名胜，开文学史上的山水诗一派。
　　作品：《山居赋》等。
3. 谢惠连（397—433），南朝宋文学家，河南太康人。与族兄谢灵运并称"大小谢"。

作品：《雪赋》。

4. 谢庄（421—466），字希逸，南朝宋文学家，河南太康人。

作品：《月赋》。

5. 鲍照（414—466），字明远，南朝宋文学家。长于乐府，尤擅七言歌行，也擅赋及骈文。

作品：《芜城赋》等。

6. 谢朓（464—499），字玄晖，南朝齐诗人，河南人。

作品：《临楚江赋》。

7. 江淹（444—505），字文通，南朝梁文学家，河南兰考人。少孤贫好学，早年即以文章著名，晚年所作诗文不如前期，人谓"江郎才尽"，有《江文通集》传世。

作品：《恨赋》《别赋》等。

8. 徐陵（507—583），字孝穆，南朝陈文学家，山东人。

作品：《鸳鸯赋》。

9. 萧子晖，南朝梁文学家。江苏人。

作品：《冬草赋》。

10. 张渊，北魏人。

作品：《观象赋》。

11. 元顺（487—528），河南洛阳人。北魏人。

　　作品：《蝇赋》。

12. 卢元明，北魏人。

　　作品：《剧鼠赋》。

13. 袁翻（476—528），河南人。北魏人。

　　作品：《思归赋》。

14. 颜之推（531—约590），字介，北齐文学家，山东人。有《颜氏家训》传世，以儒家传统思想为立身治家之道。

　　作品：《观我生赋》。

15. 庾信（513—581），字子山，北周文学家，河南人。善诗赋骈文，为杜甫所推崇。后人辑有《庾子山集》。

　　作品：《哀江南赋》《枯树赋》《春赋》《对烛赋》《荡子赋》《拟咏赋》《小园赋》《伤心赋》等。

五、南朝名家多佳作　北朝赋风远逊南——南北朝辞赋

作品选载

《别赋》

别赋

江淹

【原文】	【译文】
黯然销魂者，	人之所以会悲愁甚至魂不守舍，
唯别而已矣！	莫过于离别带来的惨痛伤心了！
况秦吴兮绝国，	秦国和吴国都远在天边，
复燕宋兮千里；	燕国和宋国也相距遥远；
或春苔兮始生，	春天草木生长繁茂，
乍秋风兮暂起。	很快又变为落叶飘零的秋风季节。
是以行子肠断，	所以离乡游子往往愁肠百结，

百感凄恻。	产生种种悲伤情怀。
风萧萧而异响,	风吹来觉得响声有异,
云漫漫而奇色。	云飘动的颜色也不像平常。
舟凝滞于水滨,	船好像停滞不动了,
车逶迟于山侧。	车在山侧徘徊不进;
棹容与而讵前,	船桨从容徘徊是船不前行吗?
马寒鸣而不息。	马屡作寒鸣之声停不下来。
掩金觞而谁御,	就算捧着金杯谁还有心绪喝酒?
横玉柱而沾轼。	眼泪滴湿了横在车上的琴瑟。
居人愁卧,	家里的人也带着愁虑卧床,
怳若有亡。	恍惚失去了什么。
日下壁而沉彩,	阳光移动,壁上没有了光辉,
月上轩而飞光。	月亮升起把光照在栏杆上;
见红兰之受露,	看那红兰经受寒露,
望青楸之离霜。	望那青楸蒙上了白霜;
巡曾楹而空掩,	含悲拭泪行走在高大的房屋里,

抚锦幕而虚凉。	抚摸锦绣帷幕却心中悲凉。
知离梦之踯躅，	推想那游人在外，梦中也徘徊不前，
意别魂之飞扬。	他的神魂不安而无可归宿。
故别虽一绪，	虽然都是离别，
事乃万族。	却有种种不同的情形。
至若龙马银鞍，	一种是高车骏马，金银饰鞍，
朱轩绣轴，	朱红车厢，锦绣彩旗，
帐饮东都，	东都设帐篷饯别，
送客金谷。	金谷把酒送行。
琴羽张兮箫鼓陈，	琴箫奏起高调，
燕赵歌兮伤美人，	燕赵的歌声使美人伤心，
珠与玉兮艳暮秋，	美人的珠光宝气照艳晚秋，
罗与绮兮娇上春。	绫罗绸缎闪亮新春。
惊驷马之仰秣，	美妙的琴歌使马儿忘了吃草，
耸渊鱼之赤鳞。	动听的乐曲使水底红鳞也跳出水面来聆听。
造分手而衔涕，	到握别时都含着泪水，
感寂寞而伤神。	音乐停下了，寂静又使人

	心神伤痛。
乃有剑客惭恩，	有一种思恩图报的剑客，
少年报士，	勇于报仇的少年，
韩国赵厕，	战国时发生在韩国赵厕杀人报仇的事，
吴宫燕市。	还有在吴宫燕市行刺秦王的事；
割慈忍爱，	宁愿与慈爱的人割舍，
离邦去里，	离别自己的家乡；
沥泣共诀，	流着眼泪与亲人永别，
抆血相视。	擦拭泪水相告分离。
驱征马而不顾，	驱使远征的马不再回头，
见行尘之时起。	车马扬起了阵阵灰尘。
方衔感于一剑，	怀着感恩之情以一剑相报，
非买价于泉里。	而不是以生命换取金钱。
金石震而色变，	这么动人的情景连金石都受震撼而色变，
骨肉悲而心死。	亲人骨肉就更悲痛心碎了。
或乃边郡未和，	或是边界地方仍有战事，

负羽从军。	背起弓箭从军;
辽水无极,	辽河边一望无际,
雁山参云。	雁门山高耸入云。
闺中风暖,	家中房屋内风和日暖,
陌上草薰。	野外绿草芳菲;
日出天而曜景,	日出光辉曜景,
露下地而腾文。	露珠闪亮相映;
镜朱尘之照烂,	照射得红尘灿烂,
袭青气之烟煜,	草木青翠芳香。
攀桃李兮不忍别,	为人母者攀着桃李树不忍分别,
送爱子兮沾罗裙。	眼看与爱子离别泪湿衣裳。
至如一赴绝国,	说到一去边远的国土服役,
讵相见期?	谁敢说还有再见的日子呀?
视乔木兮故里,	望着长着高大树木的故乡,
决北梁兮永辞,	在北面的桥梁上诀别告辞。
左右兮魂动,	左右的人都心魂震动,
亲朋兮泪滋。	亲戚朋友悲泪满腔。
可班荆兮赠恨,	坐在柴草上匆匆话别,互

	诉别恨。
惟樽酒兮叙悲。	借一杯酒叙述悲情。
值秋雁兮飞日,	时值秋季群雁南飞,
当白露兮下时,	开始频降白露;
怨复怨兮远山曲,	怨山边之路是那么弯曲,
去复去兮长河湄。	乘船的河又那么途长。
又若君居淄右,	君子你居住在淄右,
妾家河阳,	妾的家在河阳,
同琼佩之晨照,	早晨我对镜把美玉装饰起来,
共金炉之夕香。	晚上我俩共薰一炉馨香。
君结绶兮千里,	你带着印为官外出千里,
惜瑶草之徒芳。	可惜家中只有我独对芳草,
惭幽闺之琴瑟,	也无心绪弹奏房中的琴瑟,
晦高台之流黄。	艳丽的丝绸在高台上也失去了光彩。
春宫閟此青苔色,	春天屋外披上青苔的颜色,
秋帐含兹明月光,	秋日罗帐内照射有明月的光华,
夏簟清兮昼不暮,	夏季的席子清凉,白日很长,

冬釭凝兮夜何长！	冬令灯火夜长沉滞无光！
织锦曲兮泣已尽，	苏蕙写织锦曲悲泪流尽，
回文诗兮影独伤。	诵着回文诗顾影自伤。
傥有华阴上士，	或有华山下石室的得道人，
服食还山。	炼成仙丹食下长生不老，
术既妙而犹学，	仙术已精妙仍然学术修炼，
道已寂而未传。	沉静专注追寻已失传的法术；
守丹灶而不顾，	守炉炼丹心无旁骛，
炼金鼎而方坚。	炼出真丹，企盼成仙；
驾鹤上汉，	驾着仙鹤飞上银河，
骖鸾腾天。	骑上鸾凤腾空升天，
暂游万里，	一霎时周游万里，
少别千年。	一千年也只是小别。
惟世间兮重别，	世间的人把别离看得很紧要，
谢主人兮依然。	而我的心境还依旧没变。
下有芍药之诗，	世上有男女倾情赠芍药之诗，
佳人之歌，	唱起思慕美女的歌，
桑中卫女，	桑中的少女，

上宫陈娥。	上宫的陈娥;
春草碧色,	春草呈现碧色,
春水渌波,	春水泛起绿波,
送君南浦,	在南浦送别情人,
伤如之何!	是如此伤心呀!
至乃秋露如珠,	至于秋露像珍珠一样,
秋月如珪,	秋月如洁白美玉,
明月白露,	明月和白露,
光阴往来,	一光一阴,互相往来;
与子之别,	我与你的分别,
思心徘徊。	愁心与悲情,怎么都丢不开。
是以别方不定,	所以,分别的情况各种各样,
别理千名,	离别的悲愁哀怨也有千种不同。
有别必怨,	凡离别必有怨气,
有怨必盈。	有怨气必积累心中且日益增多;
使人意夺神骇,	会使人失意神骇,
心折骨惊。	折了心志,惊恐入骨。

虽渊、云之墨妙，	虽然王子渊、扬子云文思美妙，
严、乐之笔精，	严安、徐乐笔下精湛；
金闺之诸彦，	即使长安金马门集众多文士，
兰台之群英，	宫中兰台文彦有许多；
赋有凌云之称，	写出的赋有凌云之气，
辨有雕龙之声，	文辞华丽有雕龙之声，
谁能摹暂离之状，	谁又能描摹出短暂别离的心伤，
写永诀之情者乎？	抒写出永别的悲惨情状啊？

六、近体诗歌趋繁盛　历朝辞赋渐式微

——隋唐五代辞赋

概述

　　南北朝以后，中国文学进入隋唐五代时期。隋代文学表现出由六朝文学向唐代文学过渡的特点。隋文帝杨坚提出改革文风，以行政手段反对"文表华艳"，对改变文风起了一定作用；同时，一些较有威望的文学家卢思道、薛道衡等人的作品，已经初露刚健清新的时代气息。初唐、盛唐在诗歌、散文、小说等方面迅速发展与成熟，最突出的是五言、七言近体诗的兴盛和繁荣，它是古代诗歌发展的黄金时代。中唐时期，除诗歌外，古文运动使散文达到了很高的成就；传奇

六、近体诗歌趋繁盛　历朝辞赋渐式微——隋唐五代辞赋

小说的发展和成熟，对后世小说、戏曲等有深远的影响。此外，中唐以后兴起的文人词为宋词的兴盛开辟了道路，变文对后代的弹词、小说和戏曲也产生一定的影响。

唐代国家统一，政治经济的高度发展，统治者对文化和宗教的重视，相对开明的政策，这些都使文人的创作思想、创作技巧大为开放和活跃。他们把主要精力用于近体诗、古文、传奇、文人词、小说和戏曲的创作上，这就不得不形成"辞赋"逐渐走向低谷的局面。尽管唐代科举考试把"律赋"作为科目，但士子们大多仅将之作为应制之作，循规蹈矩，徒有形式，艺术上就不再有很大价值了。

作家与作品

1. 骆宾王（约638—684），唐文学家，浙江人，清陈熙晋之《骆临海集笺注》收录有其赋作。

2. 王勃（约650—676），字子安，唐文学家，山西人，《王子安集》收录其赋作二卷。

3. 陈子昂（659—700），字伯玉，唐文学家，四川人，

其《陈拾遗集》有诗、赋二卷。

4. 张九龄（678—740），字子寿，唐诗人，广东人，其《曲江集》有颂、赞赋一卷。

5. 李白（701—762），字太白，唐诗人，甘肃人，有赋作《明堂赋》。

6. 颜真卿（709—784），字清臣，唐大臣，书法家，陕西人，有《象魏赋》。

7. 杜甫（712—770），字子美，唐诗人，河南人，有赋作《三大礼赋》。

8. 韦应物（约737—791），人称"韦苏州"，唐诗人，陕西人，其《韦苏州集》有赋十卷。

9. 韩愈（768—824），字退之，唐文学家，河南人。其《韩昌黎集》有诗赋十卷。

10. 元稹（779—831），字微之，唐诗人，河南人，其《元氏长庆集》有诗赋二十七卷。

11. 杜牧（803—853），字牧之，唐文学家，陕西人。作品《阿房宫赋》。

作品选载

《阿房宫赋》

阿房宫赋

杜牧

【原文】	【译文】
六王毕,四海一;	六个王国都已灭亡,江山统一了;
蜀山兀,阿房出。	蜀地的群山树木已被砍光,造出个阿房宫。
覆压三百余里, 隔离天日。	阿房宫占地三百多里, 楼阁高耸遮天蔽日。
骊山北构而西折, 直走咸阳。	从骊山北建起至西才转折, 一直延伸到京都咸阳。
二川溶溶,	渭水、樊川两条河浩浩荡荡,

读赋谈赋

流入宫墙。	流至阿房宫墙边。
五步一楼，	行五步可见一幢楼，
十步一阁；	走十步又见一亭阁；
廊腰缦回，	长廊曲折迂回，
檐牙高啄；	屋檐牙犹如鸟嘴向天高啄；
各抱地势，	各自都有自己的姿态和位置，
钩心斗角。	环曲似钩像龙争先斗角。
盘盘焉，	如盘一样宽广，
囷囷焉，	如仓一样隆起，
蜂房水涡，	似蜂房似水涡，
矗不知其几千万落。	真不知它矗立起的有几千几万座院落。
长桥卧波，	长桥横卧在水波上，
未云何龙？	无风无云哪里来的巨龙？
复道行空，	架在空中的复道，
不霁何虹？	不是雨晴怎会有彩虹？
高低冥迷，	有高有低似有似无，
不知西东。	几乎分不出南北西东。
歌台暖响，	台上歌舞温馨嘹亮，

春光融融；	好一派融融春光；
舞殿冷袖，	歌停舞止后，
风雨凄凄。	又变得风雨凄怆。
一日之内，	一日而已，
一宫之间，	一宫之中，
而气候不齐。	气候氛围却如此变化。
妃嫔媵嫱，	从六国俘来的妃嫔宫女，
王子皇孙，	还有许多王子皇孙，
辞楼下殿，	远离自己的宫殿，
辇来于秦，	一车车被载入秦国宫廷，
朝歌夜弦，	朝暮唱歌奏琴，
为秦宫人。	都变成秦国的宫人了。
明星荧荧，	忽如明星闪亮，
开妆镜也；	是她们打开梳妆镜盒了；
绿云扰扰，	像浮起朵朵绿云，
梳晓鬟也；	是她们早晨梳发理鬟了；
渭流涨腻，	渭水上多了层层油腻，
弃脂水也；	是她们倒入的胭脂残粉；
烟斜雾横，	空中飘着轻烟香雾，

焚椒兰也。	是她们燃起了花椒香兰也。
雷霆乍惊,	忽传来震耳雷声,
宫车过也;	原来是宫车奔驰而过;
辘辘远听,	辘辘的车声听上去走远了,
杳不知其所之也。	不知他去了哪里。
一肌一容,	每一寸肌肤,每一种容颜,
尽态极妍,	都极力装扮得无比娇艳,
缦立远视,	站在那里久久远望,
而望幸焉;	盼能得到君王宠幸;
有不得见者,三十六年。	有人等了三十六年还见不到皇帝哟。
燕赵之收藏,	燕国赵国积藏的财富,
韩魏之经营,	韩国魏国经营的珠玉,
齐楚之精英,	齐国楚国搜罗的珍宝,
几世几年,	是他们几世几年以来,
剽掠其人,	向人民大众索取掠夺来的,
倚叠如山。	堆积如山的金银珠宝。
一旦不能有,	当国破家亡再也无力占有时,
输来其间。	都运进了秦国阿房宫。

鼎铛玉石，	在秦宫鼎看成铁锅，玉犹同顽石，
金块珠砾，	金砖就像土块，珍珠当成沙子，
弃掷逦迤，	丢弃得随处可见，
秦人视之，	秦宫的人虽然看到，
亦不甚惜。	竟没有一些爱惜。
嗟乎，	真可叹呀，
一人之心，千万人之心也！	一人之心，亦众人之心啊！
秦爱纷奢，	秦皇喜欢奢华，
人亦念其家；	老百姓心里也一样顾家；
奈何取之尽锱铢，	为什么搜刮百姓时斤斤计较，
用之如泥沙？	挥霍起来却像撒泥沙？
使负栋之柱，	秦宫里顶扛大梁的柱子，
多于南亩之农夫；	比耕田的农夫还多；
架梁之椽，	架在梁上的椽子，
多于机上之工女；	比织布的女工还多；
钉头磷磷，	钉头一颗一颗，
多于在庾之粟粒；	比粮仓的米粟还多；

读 赋谈赋

瓦缝参差，	瓦缝参差交错，
多于周身之帛缕；	比衣物上的丝缕还多；
直栏横槛，	栏槛纵横相接，
多于九土之城郭；	比方圆九州的城郭还多；
管弦呕哑，	弦管奏鸣的声音，
多于市人之言语。	比街市的人声还响亮。
使天下之人，	老百姓目睹这种种景象，
不敢言而敢怒；	心里愤怒又不敢说出来；
独夫之心，	那孤家寡人的心，
日益骄固。	却日益骄横跋扈。
戍卒叫，	戍边的士兵们发怒呼号了，
函谷举；	函谷关被攻陷了；
楚人一炬，	楚项羽入咸阳放了大火，
可怜焦土！	阿房宫烧成一片焦土！
呜呼！	哎呀！
灭六国者六国也，非秦也。	灭亡六国的是六国自己，不是秦国人。
族秦者秦也，	灭掉秦国的也是秦国自己，
非天下也。	并不是天下之人。

嗟夫！	唉！
使六国各爱其人，	如果六国都能爱人民，
则足以拒秦；	就足以抵御暴秦；
使秦复爱六国之人，	如果秦国也能爱六国人民，
则递三世可至万世而为君，	秦国可传三世乃至成为万世之君。
谁得而族灭也？	谁还会去消灭秦国呢？
秦人不暇自哀，	秦国人还来不及哀叹自己，
而后人哀之；	让给后世人去哀叹；
后人哀之而不鉴之，	后世人如仅哀叹而不作前车之鉴，
亦使后人而复哀后人也！	就只能让更后的人哀叹后世人了！

七、宋词元曲小说热　名人辞赋仍有声

——宋元明辞赋

概述

宋代在我国文学史上是一个兴旺发达的时期。北宋时，范仲淹、王安石的变法革新虽没有成功，但在文学上的革新是成功的。通过欧阳修、梅尧臣的大力提倡，并得到苏轼、曾巩、苏洵、苏辙的支持，形成宋代文学发展的第一高峰。词，经过柳永、苏轼的努力，题材扩大，风格多样化，和诗文一样，形成自己的时代风貌。南宋前期，文坛上爱国思想闪耀着璀璨的光辉，李清照、陆游、辛弃疾、张孝祥等诗词作家的瞩目成就，形成宋代文学发展的第二个高峰。

七、宋词元曲小说热 名人辞赋仍有声——宋元明辞赋

元朝立国98年,诗文词成就虽然不高,但散曲和杂剧创作却空前繁荣。

明代文学的基本特点是,正统诗文衰落,小说、戏曲(特别是小说)繁荣。很多文人创作白话短篇小说且刊刻行世,同时,在宋元"讲史"的基础上产生了以章回小说为形式的长篇小说,出现了《三国演义》《水浒传》《西游记》《金瓶梅》等著名长篇小说。从此,之前被人轻视的小说创作打破了正统诗文的一统天下,在中国文学史上开创了一个崭新的局面。

长期以来,谈到中国古典文学,"唐诗宋词元曲""明清小说"几乎是文人和读者的口头禅。唐以来的这些文学体式和作品深入人心,无怪乎唐以前也曾兴盛过的"辞赋"几乎被人们遗忘了。其实,"辞赋"的兴盛从屈原开始至南北朝结束,也历时九百多年,曾有它辉煌的历史,有一代代涌现出的著名文学家。唐宋以后,也还有著名文学家如李白、杜甫、杜牧、欧阳修、苏轼等创作辞赋名篇的情况。如唐代杜牧主张诗赋应把思想内容放在首位,他的《阿房宫赋》讽刺时弊,畅论秦朝以暴政取民财终至灭亡的教训,以为鉴

戒，是唐人赋中的佳作。又如宋代苏轼的《前赤壁赋》，曲折反映了他无辜遭贬的苦闷和自我安慰的思想活动，写景、说理、抒情都透出很强的笔力。苏轼的《后赤壁赋》全文精练优美，与《前赤壁赋》在写作上各具特色，一幽峭寥落，一清朗宁静，都是宋代文赋的上乘之作。

作家与作品

1. 王禹偁（954—1001），字元之，山东人，北宋文学家。其《小畜集》有赋作二卷。

2. 文彦博（1006—1097），字宽夫，山西人，北宋文学家、政治家。《文潞公集》有赋、颂二卷。

3. 欧阳修（1007—1072），字永叔，别号六一居士、醉翁，北宋文学家。

   作品：《秋声赋》。

4. 苏轼（1037—1101），字子瞻，号东坡居士，北宋文学家，四川人。

   作品：《前赤壁赋》《后赤壁赋》。

5. 袁桷（1266—1327），字伯长，浙江人，元代文学家。《清容居士集》收录其辞赋二卷。

6. 刘基（1311—1375），字伯温，浙江人，明初大臣。诗歌雄浑，散文奔放。《诚意伯文集》收录其赋作一卷。

7. 王守仁（1472—1529），字伯安，号阳明，浙江人，明代文学家、哲学家。其《王文成公全书》中有赋作。

8. 李梦阳（1473—1530），字天赐、献吉，号空同子，甘肃人，明代文学家。其《空同集》有赋三卷。

9. 何景明（1483—1521），字仲默，号白坡，又号大复山人，明代文学家，河南人，其《大复集》有赋三卷。

10. 杨慎（1488—1559），字用修，明代文学家，四川人，其《升庵集》有赋及杂文十一卷。

11. 王世贞（1526—1590），字元美，号凤洲，江苏人，其《弇州山人四部稿》有赋二卷，《续稿》有赋一卷。

12. 郑棠

作品《长江天堑赋》。

13. 荻岸山人

作品《五色云赋》。

14. 陈子壮（1596—1647），字集生，号秋涛，广东南海人，明大臣。

作品：《西樵山赋》。

作品选载

《秋声赋》《前赤壁赋》《后赤壁赋》《五色云赋》

秋声赋

欧阳修

【原文】	【译文】
欧阳子方夜读书，	夜晚，欧阳修在房里读书，
闻有声自西南来者，	忽然听到从西南方向传来声音，
悚然而听之，	心里吃惊，仔细倾听，
曰："异哉！"	嘴里说："真奇怪呀！"
初淅沥以萧飒，	起初风清雨小显得冷落，
忽奔腾而砰湃，	忽然间却变得奔腾激荡，

如波涛夜惊,风雨骤至。	犹如风雨之夜波涛翻滚。
其触于物也,鏦鏦铮铮,	碰到物体则鏦鏦铮铮,
金铁皆鸣;	如同金属互相撞击;
又如赴敌之兵,	又好像士兵在奔袭敌人,
衔枚疾走,	口里衔枚飞跑,
不闻号令,	没听到号令声,
但闻人马之行声。	只听到人马行进的响声。
予谓童子:"此何声也?	于是我问书童:"这是什么声音呀?
汝出视之。"	你出去看看。"
童子曰:"星月皎洁,	书童回来说:"星和月都很明亮,
明河在天,	银河悬在天空中,
四无人声,	四处听不到人声,
声在树间。"	声音来自树木间。"
予曰:"噫嘻悲哉!	我就说:"哎呀!可悲得很!
此秋声也,胡为而来哉?	这是秋声啊,为什么会来到人间呢?
盖夫秋之为状也:	要说秋天,它大概是这样的:

其色惨淡，烟霏云敛；	它颜色凄凉，烟雾飘散，云气聚集；
其容清明，天高日晶；	它外貌清明，天空开阔，阳光透亮；
其气栗冽，砭人肌骨；	它气息凛冽，可刺人肌骨；
其意萧条，山川寂寥。	它意境萧疏，山水变得寂静冷落。
故其为声也，	所以它发出的声音，
凄凄切切，呼号愤发。	既显凄切又发怒高呼。
丰草绿缛而争茂，	本来绿树成荫生长蓬勃，
佳木葱茏而可悦；	好树茂盛人都喜欢；
草拂之而色变，	但接触到它就变色了，
木遭之而叶脱。	树碰到它就会落叶。
其所以摧败零落者，	所以，草木会摧折凋落，
乃其一气之余烈。	都因为秋气的肃杀余威。
夫秋，刑官也，	秋天是主刑罚的官，
于时为阴；	它在时令上属于阴；
又兵象也，	秋天又属用兵的时候，
于行为金，	在五行中属于金，

是谓天地之义气，	代表着天地间的义气，
常以肃杀而为心。	常秉持着严酷杀伐之心。
天之于物，春生秋实，	天对于世上的生物是春生长，秋结实。
故其在乐也，	秋在音乐上属商音，
商声主西方之音，	商声代表西方音调，
夷则为七月之律。	夷则乃与七月相配之音律。
商，伤也，	商，就是悲伤也，
物既老而悲伤；	生物衰老了，都会悲伤；
夷，戮也，	夷，就是杀戮，
物过盛而当杀。"	生物太盛也会被杀戮。
"嗟乎！草木无情，	"唉！草木是无感情可言的，
有时飘零。	都免不了遵时令飘落凋零，
人为动物，	人虽是动物，
惟物之灵；	却是万物之灵，
百忧感其心，	种种忧愁可使其心感伤，
万事劳其形；	种种烦事可劳其形体；
有动于中，	稍有劳心，
必摇其精。	都会摇损精气神。

而况思其力之所不及，	更何况要思虑无法做到的事，
忧其智之所不能；	担忧智慧难以解决的难题，
宜其渥然丹者为槁木，	怪不得他红润的容颜会变成枯木，
黟然黑者为星星。	黑头发中夹杂着丝丝白发。
奈何以非金石之质，	为什么要用不是金石的身子，
欲与草木而争荣？	偏要跟草木一争繁盛呢？
念谁为之戕贼，	应当想想究竟为谁摧残自己，
亦何恨乎秋声！"	又怎好去怨恨不相关的秋声呢！"
童子莫对，	书童没有应答，
垂头而睡。	低着头竟睡熟了。
但闻四壁虫声唧唧，	只听见四面墙下虫声唧唧鸣叫，
如助余之叹息。	如同帮我共同叹息。

七、宋词元曲小说热 名人辞赋仍有声——宋元明辞赋

前赤壁赋

苏轼

【原文】	【译文】
壬戌之秋,七月既望,苏子与客泛舟游于赤壁之下。	壬戌年秋天的七月十六日,我与客人在赤壁下江中划船游玩。
清风徐来,水波不兴。	江风很清凉,江水也平静。
举酒属客,	我举起杯向客人敬酒,
诵《明月》之诗,	吟诵《明月》中的诗,
歌《窈窕》之章。	唱起里面《窈窕》的篇章。
少焉,月出于东山之上,	过了一会儿,月亮从东山升起了,
徘徊于斗牛之间。	它在斗宿和牛宿星际徘徊。
白露横江,	水气白茫茫笼罩在江面上,
水光接天。	水里反射的月光与天空连在一起。

纵一苇之所如,	小船就像苇叶一样随流漂荡,
凌万顷之茫然。	在宽广的江面上遨游。
浩浩乎如冯虚御风,	江水浩瀚,船好像在腾空飞行,
而不知其所止;	不知要飞向何方;
飘飘乎如遗世独立,	飘飘然仿佛离开了人世而独立,
羽化而登仙。	飞天变化成了仙人。
于是饮酒乐甚,	于是快乐地饮酒,
扣舷而歌之。	边敲船舷边唱起歌来。
歌曰:"桂棹兮兰桨,	歌词说:"桂木的棹,兰木的桨,
击空明兮溯流光。	击打着清水逆流行进。
渺渺兮予怀,	我深远的情怀,
望美人兮天一方。"	遥望思慕的人却在天的另一方。"
客有吹洞箫者,	有位善吹箫的客人,
倚歌而和之。	为歌唱者伴奏起来。
其声呜呜然,	箫声有高有低地响,

七、宋词元曲小说热　名人辞赋仍有声——宋元明辞赋

如怨如慕，	既有哀怨也有眷恋，
如泣如诉，	既像哭泣，也像倾诉，
余音袅袅，	吹完之后还有悠扬的余音，
不绝如缕。	宛如绵延不断的细丝。
舞幽壑之潜蛟，	箫声可使深渊的蛟龙起舞，
泣孤舟之嫠妇。	也使孤舟上的寡妇动情悲泣。
苏子愀然，	我也听得忧愁而改了容颜，
正襟危坐而问客曰：	理正衣服，端坐而问客人说：
"何为其然也？"	"为什么箫声变得这么悲凉呢？"
客曰："月明星稀，乌鹊南飞，	客人说："'月明星稀，乌鹊南飞'，
此非曹孟德之诗乎？	这不是曹孟德的诗句吗？
西望夏口，东望武昌，	向西而望夏口，向东而望武昌，
山川相缪，郁乎苍苍，	山水交错，草木苍翠，
此非孟德之困于周郎者乎？	这不就是曹操被周瑜打败的地方吗？
方其破荆州，下江陵，	当年曹操攻破荆州，占据

读赋谈赋

	江陵,
顺流而东也,	挥兵沿长江东进的时候,
舳舻千里,旌旗蔽空,	战船连接千里,旌旗遮天蔽日,
酾酒临江,横槊赋诗,	他酌酒对江痛饮,横执长矛吟诗,
固一世之雄也,	不愧为一代英雄啊,
而今安在哉?	如今却哪里去了呢?
况吾与子渔樵于江渚之上,	现在我与你同在江边打鱼砍柴,
侣鱼虾而友麋鹿,	和鱼虾麋鹿作伴为友,
驾一叶之扁舟,	乘着这似一片叶的小船,
举匏樽以相属。	举匏瓜杯相互敬酒。
寄蜉蝣于天地,	像蜉蝣虫短暂地寄身于天地,
渺沧海之一粟。	渺小得如同大海中的一颗米粒。
哀吾生之须臾,	哀叹自己的生命这么短促,
羡长江之无穷。	羡慕那长江的无穷无尽。
挟飞仙以遨游,	奢望能拉着神仙遨游,

七、宋词元曲小说热　名人辞赋仍有声——宋元明辞赋

抱明月而长终。
知不可乎骤得,
托遗响于悲风。"

苏子曰:
"客亦知夫水与月乎?

逝者如斯,而未尝往也;

盈虚者如彼,
而卒莫消长也。
盖将自其变者而观之,
则天地曾不能以一瞬;
自其不变者而观之,
则物与我皆无尽也,
而又何羡乎?

且夫天地之间,
物各有主;

能拥抱明月与世长存。
自知这些是不能得到的,
只可以把箫声寄托给悲凉的秋风了。"

我对客人说:
"你明白江水和月亮的状态吗?

江水看上去是在流淌,但其实没有流去;

月亮一圆一缺地转换,
却始终没有增减。
所以持变化观点的人认为,
事物瞬息万变;
持静止观点的人却认为,
万事万物都是永恒不变的,
那么又有什么必要羡慕他们呢?

就说天地之间吧,
万物各有主人;

读 赋谈赋

苟非吾之所有，	如果不属于我的东西，
虽一毫而莫取。	哪怕是一丝一毫也不能取用。
惟江上之清风，	只有这江上的清风，
与山间之明月，	山间的明月，
耳得之而为声，	才是耳朵可以听到的声音，
目遇之而成色，	眼睛可以看到的色相，
取之无禁，	没有人会禁止你取用它，
用之不竭，	而且久久享用不完，
是造物者之无尽藏也，	因为这是大自然给的无穷无尽的宝藏，
而吾与子之所共适。"	是你我都可以快乐享用的。"
客喜而笑，	客人欢喜地笑了，
洗盏更酌。	洗净酒杯重新酌酒。
肴核既尽，	菜肴和果品吃完后，
杯盘狼藉。	酒杯盘碗已经凌乱不堪。
相与枕藉乎舟中，	我们你靠我我靠你地睡在小船里，
不知东方之既白。	竟不知东方已经发白。

后赤壁赋

苏轼

【原文】	【译文】
是岁十月之望,	这一年的十月十五日,
步自雪堂,	我从雪堂出行,
将归于临皋。	回临皋亭去。
二客从予,	有两位客人随同,
过黄泥之坂。	要去黄泥坂。
霜露既降,	这时已是降下霜露的季节,
木叶尽脱,	树上的叶子全都飘落了,
人影在地,	人影照在地上,
仰见明月,	抬头可见明月,
顾而乐之,	这景象使我很快乐,
行歌相答。	我们边走边唱,相互应答。
已而叹曰:	不久我感叹说:
"有客无酒,	"有客人没有酒,
有酒无肴,	有酒也没有菜,

> 读 赋谈赋

月白风清,　　　　　　月这么亮,风这么清爽,
如此良夜何!"　　　　要如何度过这美好之
　　　　　　　　　　　夜呢!"
客曰:　　　　　　　　客人说:
"今者薄暮,　　　　　"今天傍晚时候,
举网得鱼,　　　　　　我用网捕到一条鱼,
巨口细鳞,　　　　　　嘴巴大,鱼鳞细,
状如松江之鲈。　　　　像是吴淞江的鲈鱼。
顾安所得酒乎?"　　　但是要从哪里弄到酒呢?"
归而谋诸妇。　　　　　我回家与妻子商量这事。
妇曰:　　　　　　　　妻子说:
"我有斗酒,藏之久矣,　"我有一斗酒存放好久了,
以待子不时之需。"　　 就是给您需要时饮用的。"
于是携酒与鱼,　　　　于是,带着酒和鱼,
复游于赤壁之下。　　　我又一次到赤壁下游玩。
江流有声,　　　　　　长江水流得很响,
断岸千尺;　　　　　　江岸峭壁高耸千尺;
山高月小,　　　　　　山峦高大,月亮很小,
水落石出。　　　　　　水位下落处,礁石露出来。

七、宋词元曲小说热 名人辞赋仍有声——宋元明辞赋

曾日月之几何,	才过了几天,
而江山不可复识矣!	前次所见的江岸几乎认不出了!
予乃摄衣而上,	我撩起衣裳登岸,
履巉岩,	踏着险峻的岩石,
披蒙茸,	拨开稠密的山草,
踞虎豹,	坐在形同虎豹的石头上,
登虬龙,	抓着像虬龙模样的藤条,
攀栖鹘之危巢,	攀住鹘鸟栖息的高巢,
俯冯夷之幽宫。	用目俯视水神冯夷的宫殿。
盖二客不能从焉。	两位客人已没有跟我爬山了。
划然长啸,	我发出一阵呼喊,
草木震动,	草木都震动了,
山鸣谷应,	山谷荡起回声,
风起水涌。	风吹起,浪翻起。
予亦悄然而悲,	我不禁产生了悲情,
肃然而恐,	而且带着恐惧,
凛乎其不可留也。	害怕得不敢再停留了。
返而登舟,	回到岸边登上小船,

读 赋谈赋

放乎中流,	把船划到江心,
听其所止而休焉。	听其自行漂流随处停下。
时夜将半,	时间快到半夜了,
四顾寂寥。	周围都很寂静。
适有孤鹤,	这时来了一只白鹤,
横江东来。	横江从东面飞来。
翅如车轮,	鹤的翅膀大得像车轮,
玄裳缟衣,	如穿着黑裙白衣,
戛然长鸣,	边飞边嘎嘎地叫,
掠予舟而西也。	还擦过我们小船向西飞去。
须臾客去,	不一会儿客人离去,
予亦就睡。	我也入睡了。
梦一道士,	梦中见到一位道士,
羽衣翩跹,	穿着鸟羽制的衣服,飘然轻快,
过临皋之下,	他来到临皋亭下,
揖予而言曰:	向我拱手行礼说:
"赤壁之游乐乎?"	"赤壁游玩还快乐吧?"
问其姓名,	我问他姓名,

俯而不答。	他低下头不回答。
"呜呼！噫嘻！	"哦！哈哈！
我知之矣。	我明白了，明白了。
畴昔之夜，	昨天晚上，
飞鸣而过我者，	边叫边飞过我船边的，
非子也耶？"	不正是你吗？"
道士顾笑，	道士对我笑了起来，
予亦惊寤。	我也从梦中惊醒。
开户视之，	打开门看看，
不见其处。	已经看不到他在哪里了。

五色云赋

荻岸山人

简介

《五色云赋》原载于明末清初小说《平山冷燕》。荻岸山人所著《平山冷燕》是著名古典言情小说。书中这首《五色云赋》同样具有很高的艺术性。

【原文】

粤自女娲氏炼五色石以补天,而青、黄、赤、白、黑之气,遂酝酿于太虚中。而或有或无,或潜或见,或红抹霞天,或碧涂霄汉,或墨浓密雨,或青散轻烟,或赤建城标,或紫浮牛背,从未聚五为一,见色于天。矧云也者,气为体,白为容。薄不足以受彩,浮不足以生华,而忽于焉种种备之,此希遘于古,而罕见于今者也。惟夫时际昌明,圣天子在位,备中和之德,

七、宋词元曲小说热　名人辞赋仍有声——宋元明辞赋

禀昭朗之灵。行齐五礼，声合五音，政成五美，伦立五常，出坎向离，范金白、木青、水黑、火红、土黄之五行于一身。而后天人交盛，上气下垂，下气上升，故五色征于云，而祯祥见于天下。猗欤盛哉！仰而观之，山龙火藻，呈天衣之灿烂；虚而拟之，镂金嵌玉，服周冕之辉煌。绮南丽北，彩凤垂蔽天之翼；艳高冶下，龙女散漫空之花。濯自天河，不殊江汉；出之帝杼，何有七襄。不线不针，阴阳刺乾坤之绣；非毫非楮，烟霞绘天地之图。浓淡合宜，丹青相配。缥缈若美人临镜，姿态横生；飞扬如龙战于野，玄黄百出。如旌如旗，如轮如盖，六龙御天上之銮舆；为楼为阁，为城为市，五彩吐空中之蜃气。初绚焉呈卿庆于九重，既块然流丰亨于四海。落霞孤鹜，不敢高飞；秋水长天，为之减色。锦鸡羞而匿影，山雉惭而藏形。他如奁盒膏脂，筐箱玉帛，莫不望而失色，比而减价；矧妖红袭紫，安敢以草木微姿，而上分其万一之光华。猗欤盛哉！是诚地天昌泰，国家文明，而一人流光，千古昭朗者也。臣妾才谢班姬，学惭谢女，剪裁无巧，雕绣不工。瞻天仰圣，双眼有五色之迷；就日望云，

寸管窥三才之妙。此盖天心有眷，上降百福之祥，下献无疆之瑞。谓臣言不信，请远质古娲之灵，近征当今之圣。谨赋。

八、中华文化当自信　诗赋风骚代有人

——清代至现当代诗赋

概述

清代，小说、戏曲继续繁荣，成就辉煌。正统的诗文虽不及唐宋，也超过了元、明两代。近现代，特别在"五四运动"之后，是无产阶级领导下的人民大众的反帝反封建文学，最终发展成为社会主义文学。至当代，社会主义性质的文学在党的"双百"方针指引下，发挥了团结人民、教育人民的重大作用。

中国是有着五千多年悠久历史的文明古国，中华文化博大精深，而且具有鲜明的特色。党中央、国务院高瞻远瞩，改革开放特别是进入21世纪以来，高度重视继承弘扬中华优秀传统文化。传统的诗词文化如沐春风，虽然不像唐宋时代那么旺盛，但它扎根深稳，不断生长开花。"中华诗词"组织遍布全国，队伍日益壮大。单就广东一省而论，以"岭南诗社"为代表的各地市县诗社一类组织亦可谓星罗棋布。这里，笔者要专门介绍一下广东省大埔县的文人骚客传承中华诗词文化的状况。

大埔县地处粤东山区，与福建接壤，这里山川明丽，钟灵毓秀，宋代至今人文蔚起，英豪辈出。科举时代，这个山区小县竟涌现进士46人（其中翰林12人）、明通进士7人、举人298人，秀才就更多了。据资料显示，大埔历代文人创作的诗词作品集在200部以上（可惜绝大部分已流失）。2006年，笔者搜集、整理《万川骚坛数百年》诗词集（大埔县古称万川县）付梓。集子收录了151位先贤的作品505首，在一定程度上反映出该县文人的诗词创作盛况。20世纪90年代，大埔县文联组织成立了"大埔诗社"，目前已有89位社员。20多年来，县文联和大埔诗社已陆续出版集体和个人的诗词作品集80多部。由于传统的广东汉乐在大埔十分兴盛，21世纪以来，大埔县多次被中央和广东省评为"文化艺术之乡"。

大埔县义人喜爱祖国传统文化，还可以从"赋"的创作上表现出来。不但有好几位清代先贤的赋作留传下来，时至当代，以诗人袁光明为代表，也有好几位作者常有赋作。他们用赋描绘新时代大埔县的崭新气象和风物奇观，讴歌大埔县可歌可泣的革命历史，为人民群众所喜爱和称道。

作家与作品

1. 萧翱材（1628—1687），字匪棘，号右溪，广东大埔县人，清顺治十五年（1658年）进士，有多部诗文集传世。

作品：《会试祭大江祝文》。

2. 朱彝尊（1629—1709），字锡鬯，清文学家，浙江人，其《曝书亭集》有赋一卷。

3. 吴兆骞（1631—1684），字汉槎，江苏人。

作品：《长白山赋》。

4. 陈登泰，广东大埔县人，字驾山，清乾隆四十四年（1779年）举人。

作品：《舌耕赋》。

5. 徐锡麒，山西人，进士出身，同治元年任大埔知县。

作品：《埔邑考观风告示（赋体）》。

6. 张薇（1819—1892），字省卿，号星曹，广东大埔县人，同治二年（1863年）癸亥恩科进士。有《且庵吟草》诗集传世。

作品：《瓯宁县考观风告示》《子龙一身都是胆赋》。

7. 张高徊（1941—），笔名章回，广东大埔县人。曾任大埔县文联常务副主席，已有多部汉乐和文学类长篇著作出版。

作品：《汉乐赋》《埔城赋》。

8. 曹展领（1945—），笔名文峰，广东大埔县人。广东岭南诗社理事，大埔诗社社长。有多部诗词集出版。

作品：《锦绣大埔赋》《大埔中国书法公园赋》《坪山千亩梯田赋》等20多篇。

9. 袁光明（1946—），笔名章明，广东大埔县人。曾任中共大埔县委办公室主任，现为大埔县革命老区建设促进会会长。著作颇丰,近期出版了《诗文集萃》两集。

作品:《大埔赋》《中国·大埔世界长寿乡赋》《红色大埔苏区赋》《九龙湖赋》等20多篇。

10. 范永铎,广东大埔县人,退休教师,大埔诗社名誉社长。

作品:《桃林赋》。

11. 邱汉章(1963—),广东大埔县人。梅州市作家协会会员、梅州市诗词学会会员、大埔诗社理事。

作品:《侯南赋》《侯北赋》。

12. 刘迪生(1974—),江西信丰县人。中国作家协会会员,广州市作家协会副主席,《华夏》杂志社总编。作品散见于《人民文学》等多种刊物。著有长篇纪实文学《钟南山传》《大河之魂:冼星海和他的非常岁月》等八部。作品曾获全国"百种优秀青年读物"奖,"全国书刊优秀畅销品种"奖,"中国传记文学"奖(长篇)、广东省鲁迅文学艺术奖(文学类),连续四年获广东省"五个一工程"奖。

作品:《信丰赋》。

13. 杨凤飞，广东大埔县人。大埔诗社社员。

作品：《斗鱼赋》《鹧鸟赋》。

14. 张定尖，广东大埔县人。大埔诗社社员。

作品：《尖山赋》。

作品选载

《会试祭大江祝文（赋体）》《舌耕赋》《埔邑考观风告示（赋体）》《瓯宁县考观风告示（赋体）》《子龙一身都是胆赋》《汉乐赋》《埔城赋》《大埔中国书法公园赋》《坪山千亩梯田赋》《中国·大埔世界长寿乡赋》《九龙湖赋》《红色大埔苏区赋》《信丰赋》

八、中华文化当自信 诗赋风骚代有人——清代至现当代诗赋

会试祭大江祝文（赋体）

萧翱材

【原文】

有会试举人某，谨以清酒致祭于大江之神。惟岷派之蝣蜓兮①，发东源而西迤。忆公车之出行兮②，历南阳而北指。粤秋科之中于乡兮，曾一游于燕畿③。适戌年之大比兮，卜今吉以告期。祈波之静兮波静静；祈风之惠兮风祺祺。蠡湖其底兮④，历江陵一日而千里。纵一苇之所如兮，庶似康庄之坦夷。风帆其舞兮，直上彤墀⑤。利有攸往兮，展我心期。神兮神兮，其相余以必济。

【注释】

① 蝣蜓：虫名也。

② 公车：古代举人入京会试的代称。

③ 燕畿：燕，河北省北部；畿，国都附近地区。

④ 蠡湖：河北省地名。

⑤ 彤墀：古时宫殿的红色台阶。

舌耕赋

陈登泰

【原文】

　　元宵毕,行装一。青钱兀①,白手出。往来动,皆千里,隔离天日。栉风沐雨何跋涉,沉际阳春。资斧空空,始上宫墙②。授我一楼,楼我一阁,苔上土阶,门无剥啄③。如鸟上笼,如蚁幅角,盘盘焉,旋旋焉,心猿意马,直难抵夫异乡之寥落。烛影干宵,双矫游龙。香烟盘空,几道白虹。拜我先师,谒我贤东。书声暖响,春日融融。笔颖冷毫,风雨凄凄。片刻之内,一日之间,而气象不齐。入室升堂,李儿张孙,执经受业,尔越我秦④,中庭罗列,悉我门人。红云扰扰,贴题单也;绿波盈盈,磨翰墨也;丝纵绢横,摊素纸也;戛玉敲金;协声调也。漏尽更残,杳不知其所之也。已冠未冠,半媸半妍,添注涂改,常达旦焉。有不存一字者,竟至终年。

八、中华文化当自信 诗赋风骚代有人——清代至现当代诗赋

【陈登泰自注】

　　爆竹声犹在,行装已在堂,其可怜一也。床头金已尽,可怜二也。为着几文钱,离家数千里,可怜三也。项上正张雨伞,眼中恰遇着灯人,可怜四也。囊中只有几文钱,担脚需要东家发,可怜五也。独坐空堂上,宁无家室思?可怜六也。潇洒的书斋闷煞读书客,可怜七也。此段写尽书房冷落之状。秉烛矣,焚香矣。此段写谒圣拜孔子、拜东家之状。读书矣,写字矣。起课矣。此言生徒之不一也。各归东西离去。时时叫上十六句,极言会课之艰。

【注释】

①兀:山光秃状。此处喻身无钱银。

②宫墙:师门也。

③剥啄:轻轻敲门之声。

④尔越我秦:越、秦皆古国名,喻学生来自不同地方。

埔邑考观风告示（赋体）

徐锡麒

为示观风事。窃以山川毓秀，倩草木以焕其精华；俊杰钟英，借文章以抒其经济。是以通都大邑，崛起名儒：即至僻壤穷乡，挺生硕彦。矧埔邑人文渊薮[①]，允推九属之翘楚；尔多士翰墨源流，独擅万川之胜。或以蜚声艺苑，英年储柱史之宏才；或以骏誉芹宫，晚岁慰经生之苦志。科名鹊起[②]，甲第蝉联[③]，固已彬彬乎盛，郁郁乎文矣。本县家传黄卷，世业青缃[④]，训绍鲤庭[⑤]，学惭虫技。十三科棘闱鏖战，矮屋之甘苦备尝；廿余年芸馆授徒，冷帐之星霜久历。迄乎通籍[⑥]，仍守素寒；迨至服官，依然淡泊。榕江绾篆，深伤械斗之风；茶岭权符，特喜弦歌之雅。为此示谕合属生童知悉，定于本月廿日，在县衙门考试，尽日完场。当兹春景融和，正是笔花秀艳。观风问俗，欲觇底蕴于平时[⑦]；晰理研精，用沛滂沱于此日。文则清真雅正，勿徒花样相依；诗则流丽端庄，庶几依思巧合。摘华挨藻⑧，挥毫尽一日之长；崇实黜浮⑨，入纲羡千金之值。漫谓一行作吏，此调久已不弹；试看稍事定评，奇文犹堪共赏。笙簧六籍，知不贻谫陋之讥⑩；鼓吹百家，将以揽宏通之士。届期毕集，挟笔砚以偕来；御风而行，搏扶摇而直上。拭目以候，毋辜厚望焉。特示。

【注释】

①矧：况且也。渊薮，人或事物聚集之地。

②科名鹊起：指科举考试考中的人士，其知名度迅速提高。

③甲第蝉联：指科举考试得第一人的人连续不断。

④黄卷，青缃：指书籍。

⑤鲤庭：亦作趋庭，指受父亲的训诲。

⑥通籍：指进士及第。

⑦觇：观测，窥视。

⑧摘华挨藻：摘，挨皆言舒展，铺张；华，藻喻华丽文辞。

⑨黜浮：黜，革除也。

⑩贻：遗留，赠送。谫陋：浅陋。

瓯宁县考观风告示（赋体）

张薇

为示期观风事。照得士为四民之首，贵树风声；文为六艺之宗，实关风气。欲观民俗，先考人才。窃念建居全省上游，瓯为附郭首治。云岩则祥呈芝紫，潍州则临兆沙圆。秀挹武夷，允卜他山之助；峰联文笔，遥分邻壁之辉。灵异攸钟，英贤蔚起。籍溪之遗徽未远；画沙之留迹犹存。童蜚卿，敬义之铭，心传可溯；程骀仲，明经之荐，身教争师。友并扬时，林志宁则躬行有得；门游朱子，蔡安仁之直养无亏。或道学远宗，衍洛闽之渚；或儒修卓著，树坊表之型。代有传人，数难更仆。矧沐二百余年之圣泽，亟儒者久洽同文；而蒐三十六记于屏山，兴起者宁无踵武。本县家传儒素，世诵清芬，溯禀训于趋庭，每勤修而面壁。颂歌鸢哕，早搴芹藻之芳；雅奏鹿鸣，高兴桂林之宴。赴礼门而四荐，迹滞京华；幸蕊榜之旋登，宦游闽峤。一行使吏，犹是书生；百里亲民，初权篆务。抚花封而制锦，汎汎者乐听弦歌；睹英俊之弹冠，济济者咸思鼓舞。道其南矣，在斯土素有渊源；川欲东之，问末流谁持风雅。朩窥所蕴，平时之抱负奚明；各展所长，内积之英华斯露。爰择于六月廿四日，示尔童生，各携笔砚，齐集试院，听候点名，尽一日之长，展数年之学。文必己出，宜犹古尤贵宜今；卷以申交，卜昼毋容卜夜。风簷下笔，听食叶之春蚕；月旦平衡，等看花于走马。量群才以玉尺，应知品藻有真；标佳士于金欧，合童儒林之选。慎毋观望，务使咸知。特示。

读 赋谈赋

子龙一身都是胆赋

张薇

赵子龙威震戎行①,功昭蜀史,锐气莫干②,雄心自矢③。忆昔从龙奋迹,早输心膂于平原④;于今逐鹿争锋,更壮肝肠于汉水⑤。有如此胆,何尝腹负将军;其大于身,真觉目无余子。方昭烈之定汉中也⑥,军惟拒险,敌正当衝;羸师始集⑦,劲卒刚逢。方虞胆落诸公⑧,坐销壮志;孰是身先众士,独邻强锋。老将庞眉,山比未归貙虎;兴王大耳,池中几困蛟龙。而云也,奋臂长呼,张眸怒叱。乍策骑以纵横,更麾戈而驰轶⑨。是何意态?疑从天上飞来;如许头颅,瞥自围中突出。然且制弱为强,运虚于实。张空壁以争奇;扼孤营以示逸。忽而霆震鼙腾,星飞弩疾,敌皆胆战;已数避舍踰三,公自身闲。奚事背城?借一帝辇来巡;褒诸温纶,谓房功兮独奏。緊皮相兮非伦⑩,岂其猿臂虎头,彼恶当我;岂其钢筋铁骨,迥不犹人。拄腹撑肠,想胆气偏豪之会沦;肌浃髓髓,是肝胆相照之身。徒观其身长磊落，身大魁梧，从戎身壮，许国身孤，旁若无人。以一身而捣坚攻锐；贾余勇以一身而拉朽摧枯。则胆小贻讥，纵异书生白面；而胆披莫睹，终疑公子黄须。既无与于雄且杰，亦何贵乎美且都。惟与探厥中藏⑪，征其顾视。信周浃之非虚，乃精诚之足恃。此日胆能相许，肺肝如见深衷；当年胆共君尝，意气尝伤拊髀⑫。应共甲兵满贮，胸次间地岂留余。为谁楚越相岐，人世内情何至是？非然者遇阵先寒，闻风转撼。既果毅之难期，岂忠忱之足感。精莫弥于六腑，安用驰驱；敌先畏乎三军，岂称勇敢？似此营开汉岸，想君真不顾身；笑他军返长安，若辈定应破胆。是其英罾独高，雄风素具。自得褒嘉，用深恩遇。然若岂日圣朝，久雅扬休，儒修起慕。身心自爱，人感励于风声；胆识相期，士乐登夫云路。则通才猷于武备⑬，无难讲艺而投戈；而征志意于文章，窃愿簪毫而作赋。

【注释】

① 戎行：军队，行伍也。

②莫干：没有谁比得上，顶得住。

③自矢：立誓，有大志。

④膂（lǔ）：脊椎骨。此处泛指身体。

⑤汉水：亦称汉江，为长江最大支流。

⑥昭烈：三国时蜀汉皇帝刘备的谥号。汉中，郡，府名，战国时属楚地。

⑦羸（léi）：疲劳也。

⑧虞（yū）：忧虑也。

⑨轶：同"逸"。

⑩綮：惟。

⑪厥：其他的。

⑫髀：大腿骨。

⑬猷：计划、谋划。

汉乐赋

张高徊

序

广东汉乐历史悠久，千百年来主要流行于粤东客家地区，又以"汉乐之乡"的大埔县特别兴盛，此外，广东省内和闽西南乃至海外，有客家人居住的地区亦有流行。2006年，广东汉乐被评为国家级非物质文化遗产。

广东汉乐，美名远扬。中州古韵，源远流长。度岭南已逾千载，溯远古可追汉唐。粤东客家，世代雅音缭绕；大埔古邑，屡评"汉乐"之乡。广东省内，并列三大乐种；国家注重，"非遗"名登金榜。汉乐多彩，分门别类齐备；弹吹拉打，演奏形式多样。丝弦乐，客家筝，老少同爱；中军乐，大锣鼓，喜气洋洋。服务大众，不论婚丧喜庆；适应需要，显身热闹大场。汉乐曲调丰富，书载已臻八百；乐律软线硬线，板拍各有短长。大调小调，应有尽有；串调曲牌，耳熟能详。《出水莲》悦耳名曲人皆晓，"名曲选"赞其可疗病伤。《平山乐》记述雅士文人盛会，登临远眺，诗酒行乐平山堂。《怀古》曲，旋律深沉优美；三段体，客家历史难忘。乐人曲调满腹，喜与知音交往。演奏风格典雅，注重朴实大方。旋律悠扬悦耳，陶冶听众心房。青少年，闻雅音，往往驻足；老成辈，听弦索，安坐一堂。昔日贫家子弟，琴弦交朋结友；心知乐乃六艺，儒家风度高尚。许多富家长辈，乐见儿孙弄琴；冀其修身立品，切戒赌博嫖娼。于是百里弦歌，县官常称易治；历代《大埔县志》，记载民风淳良。民俗家诵户弦，人疑邹鲁故乡。妙哉！广东汉乐，外延优美，典雅中藏。儒表道里，雅俗同赏。纯净、深刻、透彻，心灵常获净化；敦厚、友善、清醇，博爱施及四方。天人合一，崇高境界；传递神韵，奥趣异常。凡我汉乐人，悉心护奇葩；传承复传承，汉乐永辉煌！

埔城赋

张高徊

粤省之东,埔邑之中,梅潭河畔,五虎山前,楼宇鳞次栉比,长街十字分明,此则大埔山城也。

昔称义招[①],东晋建县之古史;曾谓万川[②],隋朝重置之渊源。跃岗之蛟龙不见[③],古城之遗迹犹存[④]。湖山灵气,钟毓不俗人物:黄扆、吴与言,官拜按察副使;何如璋子峨,首任驻日使官。若罗氏卓英,吴氏奇伟,民国高级将领;若黄氏粦传,杜埃部长,知名艺人、作家。

一九六一,县址新迁,悉心规划,古镇新颜。戏院兀立,南对五虎山峰;县府筑造,北瞻黄河京津。石雕成阵,六奇墓文物仍在[⑤];虎中扩建,大广场修葺一新。直街横衢,东缆西线。直街横衢,单车、行人如织;东缆西线,递传信息佳音。

改革开放,政策喜人。改革开放,小镇日新月异;政策喜人,干群开拓创新。虎山路、同仁路,百色货物充足；县城人、农村人，三日例圩继承。东市场、西市场，布局井然有序；南设站、北设站，交通运输腾兴。闭塞成往昔，山城已通灵。海外赤子，奉献爱心。海外赤子，修桥铺路勤架造；奉献爱心，建校筑园育新人。田翁家炳，美举俯拾皆是；姚氏美良，实业利国为民。侨事展馆，羊年落成，创建设之新貌，载侨贤之情殷。

一九八九，公园兴建，依山筑造，巧取天然。依山筑造，环山辟径修道；巧取天然，靠石傍树建亭。于是佳景日增，乐地频添。湖山新八景[⑥]，雅士美其名。时当暮色垂临，遥见双髻荧光；适值繁星闪烁，更添伞岭明珠。踏晨曦而登虎山，俯群楼水塔而依稀者，新城晨雾也；拂清风而落巾帽，闻呵呵声急而不断者，五虎松涛也。双桥玉带，丽日登高则见；陈衙飞瀑，雨后斜阳更鲜。穿龙窠下，绿掩崇祠在望；黎家坪滨，碧水红宫迷人。

斯山城也，始建报时钟楼，新砌街边花圃。报时钟楼，播送连环之乐[⑦]，满城悦耳；街边花圃，栽种成行紫荆[⑧]，遍地芳菲。山城景秀，客至而讶，无怪流连忘返；赤子情豪，图强发奋，共献一颗丹心！

【注释】

①义招：史载东晋义熙九年（413年），在大埔湖寮设立义招县。

②万川：史载隋大业三年（607年），改义招县为万川县。

③蛟龙：龙岗村因坪上至岗尾嘴，形如蛟龙跃岗，故得名。

④古城：晋置义招县，隋改万川县，县址均设古城村，至今仍存城墙遗迹，古城由此得名。

⑤六奇墓：大埔戏院占地，原为清代挂印总兵官吴六奇墓。戏院前花园之各色石雕原为守墓、装点之物。现为大埔县文物保护单位。

⑥湖山新八景：1989年冬，县文联、乡讯社与县新闻协会联合举办"湖山新八景"评选活动。经海内外广大热心人工投票，评选出"新城晨雾、五虎松涛、双髻荧光、伞岭明珠、双桥玉带、陈衙飞瀑、绿掩崇祠、碧水红宫"为湖山新八景。

⑦连环之乐：报时楼播送之乐曲，其中一段为汉乐《玉连环》乐句。

⑧成行紫荆：1990年秋冬间，山城街道普遍改造扩宽，一行行整齐之花圃大都栽种紫荆花。

八、中华文化当自信 诗赋风骚代有人——清代至现当代诗赋

大埔中国书法公园赋

曹展领

　　古邑万川，变化万千。百业兴旺，城镇发展。景点虽多，拥聚擦肩。当政者，识民情，关健康，辟西山为大埔中国书法公园。架桥梁，辟道路，建亭塔，布景点。选诗词，征墨宝，勒字碑。民称赞，客流连。登西山也，意兴盎然。望"一天门"牌坊高耸，"千步梯"石阶通天。福石台幽，木栈桥悬。客风台雅，"龙腾塔"典。亭台点缀，花木草鲜，奇石苔生，古树藤缠。千级石阶，步步登高，十步一景，百步一轩。春有粉面桃李，映山杜鹃，烂漫山花，看繁华争艳；夏有翠盖鲜荷，金黄水稻，浓荫香樟，醉芳草如烟；秋有持节修竹，染霜红枫，凌霄云杉，邀明月作伴；冬有笑寒青松，临风翠柏，弄香腊梅，赏冰花阆苑。环山步道，如玉带缠绕；沿边路灯，共星光灿烂。山野之麓，空气清新，莺喉慢啭。绿树蓊郁，芳草含露，熏风拂面。逐蝶影之飘逸，数穗花以联翩。公园之内，翰墨飘香

扑面。石刻诗文，琳琅满目。中华国粹，大埔公园呈现。草行隶篆，如龙蛇起舞；甲骨楷魏，古朴大方自然。诗情书艺，相得益彰。游人阅后，受益匪浅。曲径小道，欢乐野园。月下垂钓，梦寄梅潭鱼跃；芙蕖探月，情托荷池藕连。水碧天蓝，迷林浴之清爽；日丽风柔，醉游客之自然。休闲观赏，任君方便。四时景色，美如画卷。人间仙境，疑似天阙。

临山顶地，览古城秀色。丽水湾碧波潋滟，梅河岸柳垂江边。扶老携幼，游客鱼贯；怡心养性，谁不锻炼。仁者乐山，智者乐水，寿者乐园。游山玩水，孰为和谐之去处；吟诗作对，最爱独特之景观。居城者得人，登山者得天。水无私心天地阔，山有诗书胸怀宽。乐水者爱其清幽，知山者美其壮观。达则思困，穷则思变。天道酬勤，人道酬善，地道厚实，民道尚谦。道是山河不负人，人勤亦不负河山。有形气象冲天立，无限风光在眼前。

美哉，大埔！琼瑶天境，如联珠而合璧，艳光宝色；叹呼，大埔！万川古邑，换旧貌而新颜，绿色桃源。民安国泰，歌赋化泽人间，紫气东来，和谐世界新纪元。

八、中华文化当自信　诗赋风骚代有人——清代至现当代诗赋

坪山千亩梯田赋

曹展领

大东坪山，远近名扬。千亩梯田，盘绕山岗。层层叠叠，气宇轩昂。文明盛迹，遐接洪荒。披荆斩棘，改造自然，创造灿烂辉煌。搬磐石，开梯田，驱虫豹，赶虎狼；开渠道，引泉水，灌良田，造粮仓。精工细作，塑人间之美景；鬼斧神工，铸自然之风光。

登山顶也，举目远望。山川历历，树木葱葱。白云缭绕，泉水叮当。客家围屋，山中深藏。客家民居，古色古香。盘山公路，绕村过岗。千万游客，络绎不绝；旅游巴士，停满车场。听鸟语之婉转，闻馥郁之花香。看蜂蝶之飞舞，留倩影之盛妆。一年四季，四时更换盛妆。春雨绵绵，水田弯弯，明如镜，白如霜。茫茫然，如垂天之镰；渺渺然，似宝刀之光。观梯田之神韵，慨人间之妙笔，惊凡人其非凡，听田园之乐章。

袅袅炊烟，山村缭绕。农夫挥鞭，耕种繁忙。想农民之艰辛，叹古人其顽强。春种夏播，绿幽田野；

收割季节，稻浪翻滚，金色海洋。冬播油菜，春花烂漫，一片金黄。清风徐来，十里花香。蜜蜂采粉，勤于奔忙。彩蝶翩翩，情重意长。蜻蜓降落，乱点鸳鸯。赏花海，游人如织；唱花海，汉乐悠扬。摄花海，镜头闪光；赞花海，诗韵悠长；绘花海，笔舞龙翔。

美哉，大东坪山！青山耸翠，鸟语花香。丰衣足食，黎庶安康。壮哉，大东坪山！千亩梯田，举世瞩目。神州遗产，万代留芳！

美丽坪山，声蜚华夏，名闻遐迩。感先辈之勤劳，谢今人之眼光。一张旅游名片，千万游客向往。歌奉梯田，颂献家乡。幸甚志哉，赋以成章。

中国·大埔世界长寿乡赋

袁光明

古县大埔,灵秀客乡,东晋开邑,源远流长。

邑地多山,如障如屏。莲花水珠相峙,象湖凤凰绵亘①。林壑幽美,山川形胜。峰峦拥翠,佳木繁荫。野芳发而悦目;负离子以清心。最喜长烟一空,碧穹如镜;天地澄明,日朗气清。不啻世外桃源,端的人间仙境!

埔境富水,有万川之名。汀江梅江交汇、清远漳溪纵横②。富含微量元素,集众水之菁华;纳百川之资源,成韩江之胸襟。高峡平湖,清波粼粼。珍稀矿泉,中外驰名。鹤发童颜,益寿延龄,神仙下界,不辞长作大埔人!

美哉客邑,魅力大埔。气候宜人,光照充足;天然氧吧,自然赐福。山富宝藏,香飘稻菽;绿色名县,茶柚馥郁。平安祥和,民风淳朴;最美小城,美食之都;汉乐之乡、翰林之府。人文秀区,实至名符。

悠哉乐土，人间天堂。万木争荣，千岩竞秀；百舸争流，九渡浮江。田垄天梯，寺蕴祥光；牛羊牧野，山歌悠扬。山明水秀，百里画廊；鹭飞鱼跃，万象呈祥。客家世界之香格里拉，令万千游客，心驰神往，流连徜徉！

乐哉家园，活力客乡。公园遍布，鸟语花香；健身休闲，文化广场。翩跹起舞，老少欢唱；民俗异彩，城乡时尚。天地人和，春永华堂；年丰人寿，龙凤呈祥。人生至乐，神采飞扬。快乐客家，人间天堂。

探究长寿，解读健康：皆因邑人，厚德载物，不息自强。吃苦耐劳，身强体壮；天然养生，五谷杂粮，风味美食，可口营养；客家民居，典雅大方，讲究风水，冬暖夏凉；知书达礼，相助守望，敦亲睦邻，温良谦让。

人寿几何？宇宙无垠。改革开放，追昔抚今。重视环保，倡导文明；生态恢复，致富脱贫。山中犹存千年树，世上喜添百岁人。普及养生之道，诵读长寿之经。晨舞延年太极，夕练健身武术。快朵颐而不饕餮，爱美食而重果蔬。静修吐纳，顺应乎自然；通泰愉悦，清心而寡欲。椿萱长荣，儿孙孝悌；五代同堂，阖家幸福。

古之彭祖，亦奇亦幻；当今寿星，出自埔人，伞寿者众③，米寿者夥④。白寿⑤同攀人瑞⑥，茶寿互贺龟龄⑦。期颐老人超国标⑧，人均寿命高四龄。奇哉！伟哉！缘何斯地有此遐寿？盖因大埔人杰地灵。

君可知：追求长寿，无有仙方，平安是福，福是健康，长寿赖以和谐社会，长寿源于个人素养，返璞归真，福寿绵长，南华秋水，最美夕阳。欣逢盛世，古邑重光，国家授荣，四海名扬："养生之福地，世界长寿乡。"

子曰："智者乐水，仁者乐山；智者动，仁者静；智者乐，仁者寿。"

歌云：

仁义多长寿，道德益健康。

善心生不息，大爱寿无疆。

【注释】

① 即汇集在大埔境内的莲花山、水珠山、象湖山、凤凰山等著名山系。

② 清远河即今梅潭河。

③ 伞寿:"伞"字喻八十岁。

④ 米寿:"米"字喻八十八岁。

⑤ 白寿:"白"字喻九十九岁。

⑥ 人瑞:指百岁以上的老人。

⑦ 茶寿:"茶"字喻一百零八岁。

⑧ 期颐:指一百岁。

九龙湖赋

袁光明

序

庚子三月,受书记县长托,为竣工后辟为文旅景区之高陂韩江枢纽水利工程命名,思考一宿,翌日遂以十五名称交差。"九龙湖"排序为三,并附上注释。九龙者,祥瑞也,在客地寓意人才众多,学识有训,风流蕴藉。经评选及高层拍板,"九龙湖"一锤定音。缘于湖名,试作《九龙湖赋》,以彰显景区山水之秀美,讴歌湖畔人文之厚重矣!

九龙湖,名以地灵而冠,地以人杰而名。古铭有云:"山不在高,有仙则名。水不在深,有龙则灵。"陂埠之乡,丛山峻岭,平澜弯绕,潜龙有形[①]。地以名冠,名以地称。古邑大埔,廓嶂如屏。生机勃发,面貌焕新。南国瓷都,白玉鸣磬。水利枢纽告竣,福泽潮客黎民。长坝紧锁韩江,万川汇流若溟。夹江胜境宜游,龙渊鹭序有情。湖中乾坤大,湖畔绿道平。水电机组转,镇村灯火明。平湖藏春色,盛世九龙吟。

九龙湖之美,美在壮阔湖面。韩水泱泱,碧波荡漾。水路蜿蜒,九曲潢洋。南起江坝,北至茶阳。百里水道,源远流长。两岸风物,跃物纸上。波盈峰影,渔舟晚唱。江生紫烟,晚笛悠扬。围龙错落有致,檐角高翘粉墙。赏目青松翠竹,醉心山色湖光。苍鹰盘空击水,荡舟轮渡逐浪。溪山洵美如画,宛若蓬莱仙乡。

九龙湖之秀,秀在厚重人文。邀君畅游龙湖,陶冶心身无恙。沿湖溯江而上,一览万千气象。风景这边独好,令人神怡心旷。古田唐溪银滩,地灵人杰名扬。历史人物耀眼,邑地辈出贤良。抗日将军赵公武,百校之父田家炳。光耀显龙两总理,近代青史增荣光。附麻盛端明,[②]执掌尚书房。恭洲何探源,殿试翰林榜。世荣因才俊,经纶谱华章。历史名镇三河坝,形似咽喉扼三江。国父劳军为北伐,演绎最早纪念堂[③]。八一南昌起义军,血染红旗上井冈。陈氏一门九清华,汉杰兄弟三虎将。阴那山峻,五指舒张。千年古刹,一瓣心香。洞天福地,令人神往。汀江澄澈,景如画廊。

八、中华文化当自信 诗赋风骚代有人——清代至现当代诗赋

水陆通达,直抵茶阳。饶氏父子两进士,丝纶世美立牌坊,邹鲁故居椿森第,民国元老担朝纲。

君可知:韩江起始,母亲慈祥④。历史见证,六岸三江。奎星毓彦,笔架朝堂。多情山水,兰桂腾芳。地灵人杰,凤鬻龙骧。同朝四主席,抗日战沙场。一腹三翰院,科举翰墨香。合境七院士,科技见专长。⑤首个苏区县,"七最"见担当。⑥北京颁桂冠,世界长寿乡。大埔大公园,"三宜"好地方。⑦九龙湖美如天镜,九龙湖奥藏华章。空暇结伙游龙湖,文旅之星伴吉祥。抑或逆水循北向,亦可顺流朝南航。假日好休闲,亲水徜徉徉。百里平湖俏,雅兴助流觞。心随景物转,景物伴心翔。放飞家国梦,换得人安康。俚歌云:九龙湖畔沧桑变,红色苏区号角扬。舜日尧天福家国,和谐大埔志图强。

【注释】

① 潜龙有形:高陂辖地有九龙埔、银滩(村)自然村落,乃高陂韩江枢纽水利工程所在地,故名。

② 盛端明:大麻附麻村人,明代翰林侍读,曾任

礼部、工部尚书。

③三河坝中山纪念堂是"国叔"徐统雄先生倡建，是国内最早建成的中山纪念堂，现为全国重点保护文物。

④韩江是梅潮两地的母亲河。韩江起点耸立的客家母亲雕像，见证了客潮两地古今兴荣景象。

⑤大埔县现有共和国院士7人。

⑥红色大埔七最(参见《红色大埔苏区赋》注释)。

⑦"三宜"好地方：大埔被世界长寿乡认定是人类宜居的理想之城。宜居、宜业、宜游。

八、中华文化当自信　诗赋风骚代有人——清代至现当代诗赋

红色大埔苏区赋

袁光明

多年前，诸文友嘱予作《大埔苏区赋》，未敢尝试。壬寅春，张高徊先生电询索赋，激情骤起，历时经旬赋就，延请乡兄介成润色斧正，始得问世也。

粤东古邑，红色大埔。岁月如歌，功勋卓著。水接汀韩，闽粤之冲要；地控嘉潮，岭海之门户。岭廓莽莽，江河交错，兵家必争之地；奇山丽水，葱葱郁郁，藏龙卧虎有余。地脉绵延，沟壑纵深，山高林密，屏障天成。便于游击运动，利在布阵伏兵。热土养育志士，淳朴铸就埔人。

埔邑英杰，热血青年。思想进步，早期党员。前有善铭苏联深造，参加广州起义，创建东江根基；后有罗明，出席六大会议，受命特委书记，领导闽西革命，代理福建书记；梅州最早中共支部，仰文学校首任书记；埔北农运先驱；工农革命政府主席。[①]不一而足，

不胜枚举，名标党史，铭记先贤。

　　土地革命，风起云涌。南北西东，处处播火种；镰斧闹革命，红星得民心。成立苏维埃政府，组建太宁农民军。②实行减租减息，农工联合铲不平。高扬赤帜明方向，山村无处不"闹红"。八一举义，南下移兵。碧血三河，锻铸军魂。保存革命火种，会师井冈精英。朱毛红军始创建，演绎传奇撼古今。中央秘密交通线，血脉相连通苏区。水陆二路虽艰险，联络站点有通途。茶阳青溪，枫朗大东，安全护送，虎口传递。二百余政要，数十吨物资。使命如山，生命作代价；交通不断，史册铸神奇。③

　　抗战年代，抵御倭寇，国共合作，联合抗日。血染风采，将星熠熠。埔籍百二将军，疆场报国有志。打出国威，天下无敌。华南四省六地，一统南委辖区。归属工委领导，机关初设西河，后迁大麻恭州，转徙枫朗仓下。"天成商号"作掩护，抗战烽火正其时。

　　解放战争，风云际会。埔境比邻闽粤赣，三省边纵聚群英。边纵党委设在此，"鸟子石"洞谋战机。辗转游击战，发展根据地。配合南疆大解放，运筹帷幄胜千里。历尽硝烟战火淬炼,大埔儿女,血染红旗。怎能忘:革命史壮丽,少不了埔人流血牺牲,共和国诞生,离不开大埔志士仁人。君可知:长征路上,几多埔人,奋勇前行。身着戎装,随军北上。二十九人,广东之最,史册留芳。④ 老区千村,世代传唱。⑤ 广东首个中央苏区县,南粤大地增荣光。红色大埔有"七最",朝野括目声名扬。⑥

硝烟散去,换了人间。闻鸡起舞,快马加鞭。中华崛起,时代向前。改革开放春来早,大埔旧貌换新颜。进入新时代,朝霞红满天。大埔正嬗变,华彩谱新篇。绿色崛起,苏区争妍。山植蜜柚,香飘茶园。精致农业,高产稻田。水火并举,充裕能源。大埔青花瓷,蜚声五洲四海,世界长寿乡,游客向往流连。交通堪称便利,山城区位不偏。铁路长龙,呼啸穿过,高速奔马,无须扬鞭。绿水青山,就是金山银山。天然生态,可谓气象万千。国家冠名保护,端的仙境人间。诗云:红旗漫卷凌云志,古县琴弹动地歌。唯有牺牲多壮志,复兴圆梦领风骚。

【注释】

①梅州最早中共支部、仰文学校首任支书赖释然（见中共大埔党史赖释然传）；埔北农运先驱。工农革命政府主席饶龙光（见中共大埔党史饶龙光传）。

②1930年1月，大埔县的埔北、埔东、埔西、埔南先后建立高乾等4个区苏维埃政府，茶阳太宁等地组建农军。1930年5月，成立了大埔县苏维埃政府。

③中央红色交通线，大埔水陆二路站点交通员，为瑞金苏区护送党政军要员280多人，运送黄金、大量军用物资。

④广东省参加长征人数有56人，其中大埔籍有罗明、肖月华、杨兰史、杨辉图、杨永松、肖光、罗华明、罗松山、刘先汉、江如良、丘延龄（黄华）、邓乃举、谢小梅、丘正基、汪炳南、杨杰、蔡雨青、谢连开、丘回春、赖可可、曹托生、丘君品、黄若潮、朱壁双、杨经史、李田、卓觉民、肖敬光、赖昭先等29人。

⑤据不完全统计，大埔县有老区村1400多个，现存革命遗址、旧址247处。

⑥红色大埔七个之最：（一）大埔县是广东省最

早建立中共党组织的区域之一。1921年夏秋，张善铭加入中国共产党，是中共广东支部的早期党员。1925年夏，中共广东区委派赖释然创建大埔第一个中共党支部——仰文学校党支部。（二）八一南昌起义大埔县三河坝战役是保存革命火种的最具决定意义的阻击战，史称："没有三河坝战役，就没有井冈山会师。"（三）大埔县青溪红色交通站为中央红色交通线作出了最大贡献。在大埔水陆交通线上，以蔡雨青、孙志阶、邹日祥为代表的大埔交通员，安全护送中共党政军要员280多人和黄金等大批军用物资到达苏区瑞金。（四）中共南方局最高指挥机关南方工作委员会设立在大埔县枫朗大埔角。（五）中共闽粤赣边纵党委、司令部指挥机关设立在大埔县光德镇乌子石"启明寺"。（六）大埔县是广东省最先被确认的中央苏区县。广东省参加长征人数56人，大埔参加红军人数29人，为广东之最。（七）1927年9月诞生的大埔县公安局是广东乃至全国最早建立的县公安局。

信丰赋

刘迪生

信丰者，幽居赣南。弹丸于泱泱华夏。山川之妖冶，风物之传神，独秀南国。桃江源出大庾岭，纳千溪万泉，百回九转，汇入赣水，曲直顺势，清浊由天，经山村而历都市，傍茅舍而绕华屋，宠辱不惊，枯荣相忘。玉带桥前清故物，巨石叠垒，高古雄峙。桥孔可穿王濬之舟，对此不惊埃及之塔；桥上屋宇，遮去数百年风雨，依然情重；行旅匆匆，独不见韩、苏履迹，恨不逢时。大圣寺塔直凌霄汉，古典苍迈，九层六角，九层九境界，六角六画图。仙济岩仙风依旧，石窟小比大足、云岗；南山寺宋人匠心，拂云老松果然成名。至于雷惊菜花，雨推稻浪，风拂金野，雪压脐橙……一方福土，四时胜景，五谷丰登，百业兴旺，千年繁华。历检信丰旧牍，竟无"灾荒"故事，让人扣案悬想。

史载，唐永淳元年（682）建治，初曰"南安"，因与福建泉州南安县重名，天宝元年（742），敕赐"信

八、中华文化当自信 诗赋风骚代有人——清代至现当代诗赋

丰",据传取"人信物丰"之意。丰者,前有述焉。信耶?何以"信"为庙堂所重?窃以为中唐之际,武后姑侄临朝,设"铜匦",重酷吏,嗜亲杀,《罗织经》风靡朝野,周、来辈"请君入瓮",嫉馋积重,豺狼横行,"信"安在哉?李隆基借姑母太平公主之力剿灭群丑,复唐旧观,于先天元年(712)甫登大宝,翌年即妄生圭角,致姑母及党羽于死地,血洗长安。雄才了了。异己净净,家国事竟倚重安、史等胡人肖小,无俟之祸其远耶?呜呼!欲取信于天下者,必已失信于天下也。是谓君子德风,小人德草,天霖雷响,草木有知。吾中华民族之可亲可爱、可悲可怜之处,大率于此:襄公因"信"被诟,贻笑千古,以至于尚术重诈,《阴符》以为国学,神州之陆沉窳堕可知矣;尾生抱"信"而死,野史以为美谈,厚黑龌龊之长夜,仅此一粒青灯也。

嗟夫!政在鼎新,民袭祖制。有唐以来,信丰信人,可谓"信"入骨髓。"比屋弦歌"之地,英才荟萃之乡。仅明以降,以25名进士、65名举人、82名外任知县,翘楚神州。黄闻老公正无私,有"铁知县"之目;黄德温刚正不阿,手刃阉竖于丹墀;甘士价与

民骨肉,政声清冽,大理寺卿致仕,杭州武林书院《甘公祠》古风犹存……至于"四大金刚"之傲骨正气,《梅岭三章》之雅韵豪情,可谓集信人、信士、信念、信仰之大成也。

噫吁嚱!天灾多乃人祸也。信丰鲜有天荒之年,其得天佑耶?否,是人信也。古人云:"天机无巧""天不藏奸""天道好还"。信丰之"信"在,无所不在;信丰之"信"有,何所不有?

有幸醉卧桃江畔,何必万里觅封侯?!

主要引用和参考文献

[1] 祝鼎民统稿,德宽等撰稿,《中国文学答问总汇》编委会编：《中国文学答问总汇》,北京：十月文艺出版社,1994年版。

[2] 瞿蜕园选注：《汉魏六朝赋选》,上海古籍出版社,2019年版。

[3]〔清〕吴楚材、吴调侯编选,李梦生等译注：《古文观止》,上海古籍出版社,1999年版。

[4] 中华书局上海编辑所编辑：《中华活叶文选》（合订本）,北京：中华书局,1962年版。

[5]《辞海》（文学分册）,上海辞书出版社,1981年版。

[6] 李柏宣（1900—1967,字柏生）：《毛笔楷书手抄本（诗词赋联合集）》。

[7] 袁光明：《诗文集萃》,广东人民出版社,

2021年版。

[8]胡道静主编:《简明古籍辞典》,济南:齐鲁书社,1989年版。

[9]黄展领:《文峰集》,中国诗词楹联出版社,2014年版。